鈍感《どんかん》な君だから
口に出して言わなきゃ

「ねぇ、好きです」

今、君に伝えるよ

世界は恋に落ちている

原案 HoneyWorks
著 香坂茉里　イラスト ヤマコ

阿久津《あくつ》君と気まずくなった後だけど、夏祭りで、勇気が出せたら——
阿久津君に会いたい……
えへへ……

本当に……
会えた……
浴衣《ゆかた》、似合ってんじゃん
んご飴
りん

ねぇ……
要君《かなめくん》
好きです！
たった1ミリが遠くて—
今の、花火スッゲーでっかかったな！
ん、どうした？

ううん、なんでもない……
ああ、そっか……岬《みさき》、告白したんだ
やっぱり、岬の方がかわいいの、知ってるよ
だけど

気づいたこの想いは――
もう、遅いの
うまくいかないで
なんてね
逃げ出したくせに

下《げ》駄《た》箱《ばこ》からスニーカーを取り出そうとした時――
放課後
屋上に
来て下さい。
なんか、大事な用事でもあんのかな?
きけばわかることだな……

校庭では後夜祭が始まろうとしているけれど——
えっ、ちょっと
たぐりよせて、
もう0センチ——

世界は恋に落ちている

原案／HoneyWorks
著／香坂茉里

19488
角川ビーンズ文庫

CONTENTS《もくじ》

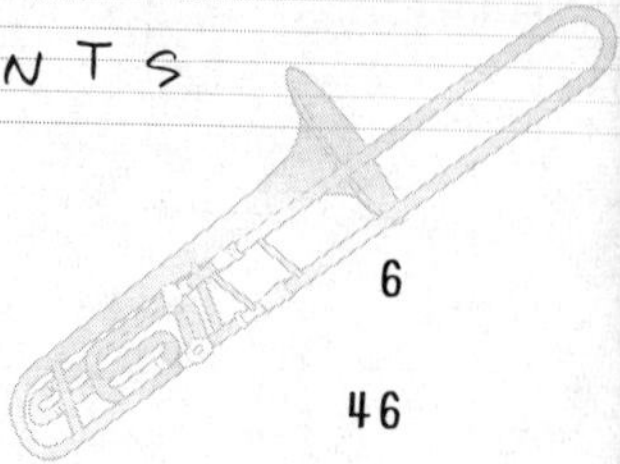

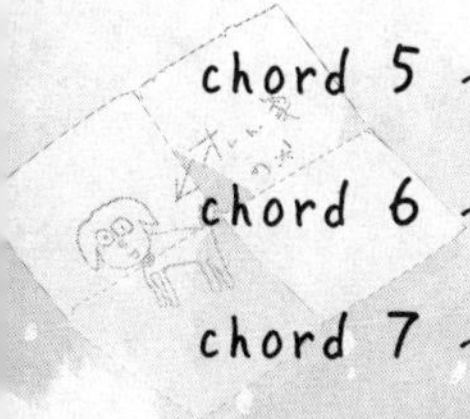

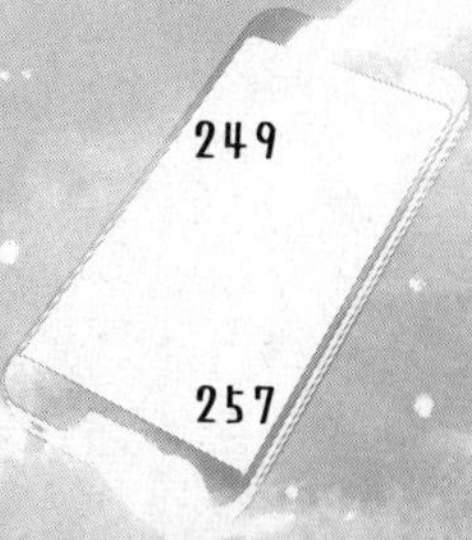

本文イラスト／ヤマコ

鮮《あざ》やかな夕暮れにそまる屋上。
そこで一人、誰《だれ》かを待っている男子がいた。
名前は、阿久津要《あくつかなめ》。
桜井岬《さくらいみさき》のクラスメイト。そして、初恋《はつこい》の人。

小さなメモを手に戸惑《とまど》った顔をしていた要は、ドアの開く音に、ハッとして振《ふ》り返る。
駆《か》けよっていくのは、岬の中学時代からの親友、夏川《なつかわ》つぼみ。
つぼみは、びっくりしている彼に――唇《くちびる》を重ねる。

岬は屋上に通じるドアの陰《かげ》で一人、うつむいていることしかできなかった。
それは、二学期の秋、ちょうど文化祭の日の出来事。

これは、岬とつぼみ、そして要の――三人の物語。
始まりは、高校二年の一学期。
夏休みに入る少し前のことだった。

オレん家
の犬

chord 1

～コード1～

桜井《さくらい》 岬《みさき》

高校2年生。中学時代は運動部で、高校に入ってから吹奏楽部に。トロンボーン初心者だった。男子が苦手で、顔が赤くなりやすい。

岬のキモチ

六月も終わりに近い土曜日。その日は授業が早く終わったため、岬は裏庭にトロンボーンを持ち出して音出しをしていた。

部活は午後からということになっていたけれど、その前に自主練習をしておきたい。吹《ふ》いているのは単調な基礎《きそ》練習の曲。

その音が、すっきりとした心地《ここち》よい青空に広がる。

校舎の中でも他《ほか》の部員たちが練習しているのか、開いた窓から音が流れてくる。

コンクールも近いから、みんな気合いが入っているのだろう。

大会やコンクールが近いのは吹奏楽部《すいそうがく》だけではないらしく、屋上では演劇部の生徒たちが発声練習をしているし、校庭では運動部の生徒たちがランニングしていた。

昼休みにつぼみと弁当を食べる約束をしているけれど、それまでまだ時間はある。

もう少し練習しておこうと、岬がトロンボーンをかまえた時だった。

数人の男子たちが笑いながらこちらに歩いてくる。

その一人が、「あれー?」とニヤニヤしながら声をかけてきた。

(や……やだなぁ……)

しかも相手は上級生だ。上履《うわば》きのラインの色が違《ちが》うからわかる。

岬が音を出すのをやめてトロンボーンを下ろすと、彼らはおもしろがるように目配せし合ったあと、そばにやってきた。

「この子、前に俺らの教室で練習してた子じゃん？」

そんな声に、岬はギクッとする。吹奏楽部の練習は、空き教室を使って行われる。三年生の教室を使わせてもらうこともあるから、その時に見られたのだろう。

早く立ち去ってほしいと願いながら、聞こえないふりをする。

（もう、なんで話しかけてくるんだろう……）

実を言えば、岬は男子がものすごく苦手だ。

子どものころから緊張《きんちょう》するとすぐに顔が赤くなる癖《くせ》があり、それを見たクラスの男子に『完熟トマト』なんてあだ名をつけられたことがすっかりトラウマになってしまっていた。

おかげで、今でも男子を見ると無条件に逃《に》げ出したくなる。

気にするほどのことではないとわかっていても、傷ついた経験というのはなかなか忘れられない。

男子はすぐにイジワルしてくるし、いやなことも平気で言ってくる。

だから、関《かか》わらないでいられるのなら、それにこしたことはないが——。

「そういや見たことあるわー。トランペット吹いてる子だろ？」

（トロンボーンだよ！）

「二年生の子だろ？　何組ー？」

「この子、すげー顔赤くなってんだけど」

「うわっ、マジだ。かわいーじゃん。トマトみてーっ」

真っ赤になりながらうつむくと、先輩《せんぱい》たちはますますおもしろがってからかってくる。

「と、通してください……」

ベンチから立ち上がり、小さな声で頼《たの》んでみたけれど、相手は解放してくれるつもりはないらしい。無理矢理《むりやり》先輩たちのあいだを通り抜《ぬ》けようとすると、すぐに腕《うで》をつかまれて引き戻《もど》された。

「いいじゃん。逃げなくたって」

「そーそー、一曲吹いてみてよ？　なんでもいいからさー。吹奏楽部だろ？」

（先輩だからって、好き勝手にしていいと思ったら大まちがいだよ！）

精一杯《せいいっぱい》の悪態を心の中でつきながら抵抗《ていこう》を試みたけれど、手をはなしてくれそうにない。

（痛い……怖《こわ》いっ、ヤダ！）

これだから男子はきらいだと、不覚にも泣きそうになった時だ――。

「あー、センパイ。そこにいると危ないですよー？」

そんなのんびりとした男子生徒の声が聞こえて、ハッとする。岬のよく知る声だ。

先輩たちは、「あ⁉」といっせいに校舎の二階の窓を見上げた。

窓から顔を出しているのは、岬と同じクラスの阿久津要だ。

彼は爽《さわ》やかな笑《え》みを浮《う》かべたまま、手にしていたパックを逆さにして、ギュッと絞《しぼ》り出す。

ふってきたジュースが制服や顔にかかり、先輩たちが「ギャアアッ」と悲鳴を上げた。

その様子に、岬は目をみはる。

(阿久津君、なんてことを！　この人たちセンパイだよ⁉)

相手はいかにも素行が悪そうだ。怒《おこ》らせて目をつけられるようなことになったら大変なのに。

それをわかっているのか、わかっていないのか、要はシレッとした顔をしている。

「なにしやがんだ‼」

先輩たちは、要を睨《にら》みつけて怒声《どせい》を上げた。

(ああ、ほら、やっぱり。怒るに決まってるよ！)

岬は青ざめ、棒きれのように突《つ》っ立っていることしかできない。

要はむしろこの状況《じょうきょう》を楽しむように、口角をわずかに上げている。

「すみませんねー。ゴミが集まってるから、ゴミ捨て場かと思って」

なんて言いながら、要はクシャッと握《にぎ》りつぶしたジュースのパックを先輩たちめがけて投げつけた。

それは見事に命中して、相手はいまにも火を噴《ふ》きそうなほど真っ赤になる。

「今、行くから、そこ動くんじゃねーぞ！」

「あいつ、どこのクラスだ！」

「待ってろ‼」

わめいている先輩たちに向かって、要は「ヤダねーっ！」と舌を出し、窓からはなれた。

先輩たちはもはや岬のことなど眼中にないらしく、目の色を変えて校舎に戻っていく。

「どうしよう……誰《だれ》かに知らせないと‼」

岬は焦《あせ》りながら、トロンボーンを手にしたまま駆《か》け出した。


担任の八木《やぎ》先生か、顧問《こもん》の先生に知らせようと思い職員室に向かったものの、タイミング悪く職員会議中のようだった。

「ああ、もう……こんな時に！」

岬が要の姿をさがして廊下《ろうか》を走っていると、窓の外から「おい、待て！」と怒声が聞こえる。

見れば要が先輩たちに追いかけられて裏庭を疾走《しっそう》しているところだった。

向かっているのは体育館のほうだ。

「阿久津君！」

岬は校舎を飛び出し、後を追いかける。

自分が行ったところで、男子たちが本気でケンカを始めたら止めることなんてできないだろう。まして相手は多勢だ。

けれど、要が先輩たちにひどい目にあわされるのを黙《だま》って見ていることなんてできない。

こうなれば、誰でもいいから助けを呼ぶしかない。

ようやく岬が追いついた時には、要は体育館倉庫のそばで先輩たちに取りかこまれていた。

「散々、バカにしやがって！」

先輩の一人がいきり立ちながら、要の胸《むな》ぐらをつかもうとする。

岬は考えるひまもなくトロンボーンをかまえ、力いっぱい音を吹き鳴らした。

プワアアア――――――ンッと響《ひび》いた音に、全員が動きを止める。

その視線がいっせいに向けられて、岬はワタワタしながら思わず物陰《ものかげ》に隠《かく》れた。

息をひそめていると、体育館のドアの開く音が聞こえる。

「なんだ、ケンカか？」

そう言いながらゾロゾロと出てきたのは男子バスケ部の部員たちだ。その大半は岬や要と同じ二年生の生徒だった。

先輩たちもさすがに見つかってはマズいと思ったのだろう。「てめえ、覚えてろよ‼」と、陳腐《ちんぷ》な捨て台詞《ぜりふ》を吐《は》いて一目散に逃げていく。

その様子を見届けると、岬は力が抜けてヘナヘナと座りこんだ。

（よかったぁ……）

「なにやってんだー、要？」

男子バスケ部員から声をかけられた要は、「べつに、ひまつぶし」とあっけらかんとしている。

「なんだよ、それ。ひまなら、バスケやろーぜ」

「汗《あせ》かくからヤダ。着がえ持ってきてないし」

「要、吹部《すいぶ》とかやめてバスケ部入れよー。助《すけ》っ人《と》でもいいぞー？」

「そっちがかわりにうちの部入ってトロンボーン吹《ふ》いてくれるならいいけど？」

「ムリ！　リコーダーなら吹けるけど」

ひとしきり笑った後で、「練習戻るぞ！」と誰かが号令をかけた。

バスケ部員たちが体育館に戻ると、辺りはようやく静かになる。


「こら、桜井」

岬がのっそりと顔を上げると、いつの間にか要がそばに立っていた。

「なんだよ、今の」

「え？　……え⁉」

「音割れすぎ、音程悪すぎ‼　あれじゃ、ただの雑音だろ。B♭、もう一回‼」

「えええええー、ここで⁉」

（しかも、ダメ出し⁉）

要は腰《こし》に手をやったまま、吹くまで逃《に》がさないというようにジッと見つめてくる。

岬は仕方なく、トロンボーンをかまえてマウスピースを口に当てる。

恐《おそ》る恐る音を出してみると、自信のなさそうなスカスカした音になった。

それをきいていた要の眉間《みけん》には、見る見る皺《しわ》が寄る。

（ものすごくあきれてる！！）

「桜井さ。トロンボーン始めたの、高校入ってからだよな？」

要にきかれて、岬はコクコクとうなずく。

「一年以上、経《た》ったよな？」

もう一度コクコクとうなずきながら、トロンボーンを抱《だ》きしめる。

（阿久津君、完全に目が据《す》わってる！）

「初めて吹部に入った中学生でもさ、二年目にはそこそこ吹けるようになるよな？　コンクールとかにも出るよな？」

（うっ……胸が痛いです……でも、さっきのは、緊急《きんきゅう》事態だったからで、普段《ふだん》はもうちょっといい音が出せるんだよ⁉）

先日の部活の全体練習では先生に「よくなった」と言われたし、要にも「前よりいい音が出るようになった」と褒められた。

なんて言い訳にもならないが……確かに、今の音は我《われ》ながらひどかった。

「さーくーらーいー、聞いてんのか⁉」

「は、はいっ！　聞いてます‼」

岬は姿勢を正して返事する。その頰《ほお》を、要が両手でパシンとはさんだ。

「う……っ」

要の手が熱くて、岬の頬までジワジワと熱を帯びてくる。

「練習不足！　ロングトーンの練習からやり直し！」

「ふぁい……」

ムギュッと頬を押しつぶされ、岬は変な声で答える。

要は同じトロンボーンパートだ。初心者だった岬を今まで指導してくれたのも要だ。そのおかげで、去年は出場できなかったコンクールにも今年は出してもらえる。それはとてもうれしいし、要の演奏する姿に憧《あこが》れて入ったのだから、少しでも近づけるようにがんばりたい。

がんばりたいが、練習中の要はスパルタだ。経験が浅いからなんて容赦《ようしゃ》してくれない。

それもこれも、岬がみんなの足を引っ張らないようにしてくれているのだということは重々承知しているのだが――。

「よし」

要は満足そうにうなずいて、岬の頬から手をはなす。

「じゃ、今から音楽室に戻《もど》って練習だな。トロンボーンパートの恥《はじ》にならないように、みっちり鍛《きた》える！」

「ええ、今から⁉　私、これからつぼみとお弁当を食べる約束してて……」

「桜井は人一倍練習しなきゃ追いつかないだろ？」

「う……ごめんなさい……」

「わかればよろしい」

がっしりと腕《うで》をつかまれて、岬は内心うろたえた。

肌《はだ》に触《ふ》れる手の感触《かんしょく》と体温に、心拍数《しんぱくすう》が上がってしまう。

要はあまり気にしない性格だが、岬は緊張してしまって——困るのだ。


「だいたい、ちゃんとチューニングしてんのか？」

「してるよ！　音はバッチリ合ってる！」

「ふーん……それ、ちょっと借りていい？」

要が手を出してくるので、岬はなにも考えないままトロンボーンを渡《わた》す。

「なんで、あんな変な音が出せるんだ？　桜井、むしろ天才なんじゃない？」

そう言いながら、要はトロンボーンを自分の口に運ぶ。

（……え？）

ポカンとして見ている前で、要はB♭の音を出す。

「え……えええええっ、ちょ、ちょっと、待って。阿久津君。それっ‼」

（さっきまで、私が使ってたのに……）

うろたえていると、要はマウスピースを唇《くちびる》に当てたまま、チラッと視線だけを岬に向ける。

いたずらっぽい笑《え》みがその口もとにのぞいていた。

そのまま、スライドを滑《すべ》らせると伸《の》びやかな、耳に心地《ここち》いい音が空いっぱいに響《ひび》き渡った。

（ああ、やっぱり上手だ……下手《へた》くそな私みたいに割れたり、スカスカしたりしない）

クリアで、どこまでも広がっていく――。

岬は目を伏《ふ》せ、音にきき入っていた。

初心者のくせに、楽器の経験もないくせに、吹奏楽部《すいそうがく》に入ろうなんて大それたことを考えたのは、要と出会ったからだ。

入学してまだ、どこの部に入るのか決めていない時だった。

偶然《ぐうぜん》通りかかった音楽室のドアが開いたままになっていて、音が廊下《ろうか》にもれていた。

誰《だれ》が吹いているのだろうと気になってのぞいてみれば、要が一人、トロンボーンを手に吹いていた。

一音一音、確かめるみたいな優《やさ》しい、静かな音。

チューニングという作業なのだと、音楽にそれほど詳《くわ》しくない岬でもわかった。

フルートを吹いていたつぼみもよくやっていたから。

チューナーという機械を使って、ズレている音を合わせていく大事な作業。

その姿から、しばらく目がはなせなかった……。

かっこよくて、音がとても綺麗《きれい》で、あんな風に楽器が吹けたらと強く憧れて、その日のうちに、要に声をかけた。


『初心者でも、楽器ってできるかな⁉』


そうきいた岬に、要は『大丈夫《だいじょうぶ》だよ』と答えてくれた。

実際に始めてみると想像以上に大変だったが、今ではなんとかみんなにもついていけるようになった。まだまだではあるが、それでも要の音をきくたびに、もっとがんばりたくなる。

もっと上達して、要と一緒《いっしょ》に演奏したいと強く思う。


要は軽く音を確かめてから、流すようにその場で演奏を始めた。

(この曲……夏のコンクールのために練習してる曲だ)

切れのいい音と、軽快なテンポ。難しいところもサラッとこなしてしまう。

（うん、やっぱりうまい……）

要の演奏をきいていると、自分まで楽しくなって心がフワフワしてくる。

ジッときいていると、要の演奏がピタリとやんだ。

（あれ、最後まで吹《ふ》かないの？）

そろっと要を見ると、目が合った。

「今、少し、ドキッとしただろ？」

「えっ⁉」

「なんてな」

要は岬にトロンボーンを返し、軽い足取りで校舎のほうに戻っていく。

岬は頭から湯気が出そうになり、トロンボーンを持つ手に力をこめた。

「し、ないよ、バカァ！」

要は背を向けたまま笑っている。本当はさっきからずっとドキドキしっぱなしだ。

（人の気も知らないで……）

岬は唇を引き結んでうつむく。

要にとっては大したことではないのだろう。

軽いノリで冗談《じょうだん》みたいに言ってしまえるようなことなのだ。

岬は心臓がいまにも弾《はじ》けそうになっているのに。

こんなに意識しているのは自分のほうだけだ。

要にとってはただのクラスメイトで、部活仲間。だから、きっと気にしないでいられるのだ。


その場にしゃがんだ岬は、「うー……」と小さくうなった。

「バカ、鈍感《どんかん》！　無自覚にも程《ほど》がある！」

どうして気づかないのだろう？

こんなにもわかりやすく顔にも態度にも出ているのに。

それとも、気づかないふりをしているだけ？

(そうじゃない。本当に、全然わかってないんだ。私が阿久津君を好きだなんてこれっぽっちも思ってない)

「言うまで、気づかないかなぁ……」

力なくつぶやいて立ち上がると、切ないため息がこぼれた。そのまま、空に視線を移す。

まだ要の音の余韻《よいん》が残っているような気がした。

岬は一年生の時からずっと片想《かたおも》い中。もう一年半がすぎた。残された高校生活はあと半分。

変わらない関係値――。

ずっと、このままなのだろうか？

踏《ふ》み出したい。でも、踏み出せない。

要とは曖昧《あいまい》な関係のまま、今年も夏を迎《むか》えようとしていた。

つぼみのキモチ

「あれ……岬は？」

夏川つぼみが待ち合わせ場所の裏庭に向かうと、いつも座っているベンチに岬の姿がなかった。

(……教室に戻《もど》ったのかな？)

携帯《けいたい》を取り出し、岬に連絡《れんらく》をしてみたが返信はない。メッセージが既読《きどく》にもならないということは携帯を見ていないのだろう。

「うーん……変な男子にでも絡《から》まれて逃《に》げてるのかも」

校舎に引き返そうとした時、体育館のほうからトロンボーンの音が聞こえてきた。

(あれ、この音、要君の音だ)

つぼみは身をひるがえし、音に誘《さそ》われるままに足を向ける。要がいるのなら、岬も一緒にいるのかもしれない。昼休みまで練習しているのだろうか？

そう思いながら向かうと、体育館のそばに二人の姿を見つけた。

（ああ、やっぱり……）

岬を見つけるには、要をさがすほうが早いかもしれない。それくらい二人はよく一緒にいる。

なにをされたのか、岬は真っ赤になって「バカァ！」と威勢《いせい》よく叫《さけ》んでいた。

その声を背中で受けながら、要は笑っている。

「あ、夏川」

つぼみに気づくと、要はそばまでやってきた。

「岬になにしたのー？」

「んー、ちょっとな」

笑いを含《ふく》みながら、要は言葉を濁《にご》した。

「俺、音楽室にいるから、弁当食ったら練習来いって言っといて」

「自分で言いなよ」

「やっ、今、桜井に話しかけると、かみつかれそうだから」

「また、変なこと言って、からかったんでしょ？　岬にきらわれても知らないよー」

要は笑ってはぐらかすと、「じゃあ、後でな」と言い残して走り去る。

つぼみは腰《こし》に手をやり、「まったく」ともらしてその姿を見送った。

自分たちは三人とも、同じ中学の出身だ。

つぼみと岬は中学のころから仲がよかったが、要と話すようになったのは高校に入学してからだった。同じクラスになったのがきっかけで、岬もつぼみも、要に引っ張られるようにして吹奏楽部《すいそうがく》に入部した。

つぼみは家が楽器店を経営していて、母親が音楽教室を開いている。

その影響《えいきょう》で小さいころからフルートをやっていたけれど、吹奏楽部に入ったのは高校からだ。

要は中学のころからずっと吹奏楽部だったようだ。つぼみの楽器店にもそのころから何度か通っていたらしい。

要に誘われていなければ、つぼみも岬も吹奏楽部には入部していなかっただろう。

つぼみはしゃがみこんでいる岬に歩みよる。

「みーさーき」

後ろで手を組みながら呼びかけると、岬がようやく顔を上げた。

(あれ、顔が真っ赤だ……)

要にからかわれたのだろうか。岬の顔がすぐ赤くなるのは昔からだ。

そんな岬をかわいいなと思うが、岬自身は男子にからかわれた記憶《きおく》のせいで、気にしている。

高校に入学したばかりのころは、要とは全然話せていなかったが、二人は席が隣同士《となりどうし》になったこともあって、手紙のやりとりをするようになった。

そのおかげで、岬も少しずつだが要とも話せるようになり、その影響で同じ部活にも入部した。

今ではすっかり打ち解け、クラスの中でもちょっとしたウワサになるくらいには仲がいい。

岬にとって要は、他《ほか》の男子たちとは違《ちが》う。

初めて好きになった——特別な人。


「つぼみ～」

岬はヨロヨロと立ち上がり、瞳《ひとみ》を潤《うる》ませる。

「お弁当食べた？」

そう尋《たず》ねると、岬は首を小さく横に振《ふ》った。

「プリンあるけど、食べる？」

つぼみは手に提《さ》げていたビニール袋《ぶくろ》を見せる。ここに来る前、購買《こうばい》に立ちよって買ったものだ。

「つぼみ、愛してる!!」

ギュッと抱《だ》きついてくる岬の頭をヨシヨシとなでる。

要は岬に想いをよせられていることに、まだ気づいていない。

鈍感で、部活とトロンボーンのことばかり。恋愛《れんあい》のことなんてさっぱり頭にないくせに、無自覚に愛嬌《あいきょう》を振りまいているから、ファンの子ばかりが増えていく。本当に困ったものだ。

「あ、そうだ。要君が、お弁当食べたら練習に来いって言ってたよ?」

裏庭に引き返しながら言うと、岬は「ふわあっ!」と妙《みょう》な声を上げる。

クスッと笑うと、つぼみはその背中を「ほらほら」と押した。

「早く、食べちゃおう!」


要が岬のことをどう思っているのか、つぼみはきいたことがないからわからない。けれど、要が女子の中で一番気にかけているのは岬だ。

(まんざらでもないと思うんだけどなぁ)

つぼみは岬と一緒《いっしょ》に木陰《こかげ》のベンチに座りながら、ぼんやりと考える。

岬は岬で気持ちを打ち明けられないままだし、この二人の関係は二年になってもなかなか進展しない。岬の恋《こい》を入学当初から応援《おうえん》しているつぼみとしては、そのことがひどく歯がゆかった。

「……岬は、告白しないの？」

サンドイッチをパクッとほおばりながら尋ねると、岬が「ええっ⁉」と動揺《どうよう》したように声を上げる。いつもよりも、半音高くなっていた。

「しないよ、しないしない、なんで⁉」

プルプルと手と首を一緒に振りながらあわてているから、膝《ひざ》に乗せた弁当が落ちそうになっていた。それを受け止めた岬は、酸《す》っぱいものを口に入れた時みたいに変な顔をしている。

「恋愛にも賞味期限ってあるんだよー？」

「えっ、そうなの⁉」

「って、この前読んだ雑誌に書いてありました」

「なんだ、雑誌かぁ……」

胸をなで下ろしている岬を、つぼみは「悠長《ゆうちょう》だなぁ」と見る。

要はすごくモテる。月に一回か二回のペースで告白されているし、下駄箱《げたばこ》や机にもラブレターが入っていることがある。

要にその気がないから今まで告白に成功した子はいないが、気になる子がいればすぐにでも付き合ってしまうかもしれない。

岬だって、そのことはわかっているだろう。

「岬の片想《かたおも》い、もう一年以上になるでしょ？」

「うん……」

「言わないと、一生、気づかないよー？　鈍感《どんかん》だもん、あいつ」

「それはそうだけど……」

「告白しちゃいなよ。じゃないと、誰《だれ》かに先越《こ》されちゃうかもよー？　いいの？」

「それは……困る！　でも、告白はムリだよ。阿久津君、私のこと意識してくれてないし……振られる予感しかしない」

「だから、告白するんでしょ？　そうすれば、この子、俺のこと好きなんだって、意識するようになるものじゃないの？」

岬はちょっと考えてから、「そういうものかな？」と自信がなさそうにきいてくる。

「そういうもの……って、雑誌に書いてありました」

「また雑誌かぁ、当てにならないなぁ……」

岬はうなだれて、ハァとため息を吐《つ》く。

つぼみがサンドイッチを食べているあいだ、岬はしばらく黙《だま》っていた。

悩《なや》んでいるのだろう。

ようやく口を開くと、「やっぱり、ムリだぁ……」と情けない声をもらす。

「だって、告白とかどうやってすればいいのかわかんないし」

「その一、ラブレターを渡《わた》す。口で言えない時には効果的に相手に自分の気持ちを伝えられます」

つぼみは人差し指を立てながら、アドバイスしていく。

「それ、渡した時点でもう好きって言っちゃってるようなものでしょ？　直接言うより、恥《は》ずかしくない!?」

「表に重要書類って書いておけばいいんじゃない？」

「怪《あや》しすぎて読んでもらえないよ！」

「その二……携帯《けいたい》でメッセージを送っちゃう。サラッと」

「冗談《じょうだん》だと思って流されそうな気がする……」

「そうだねー……校内放送で流すとかは？」

「それ、告白じゃなくて、公開処刑《しょけい》だよ！」

「じゃあ……やっぱり、直接言うのが一番じゃないでしょうか？」

つぼみはコーヒー牛乳のパックを口に運びながら、頭を抱《かか》えている岬にチラッと目をやった。

「それができれば、こんなに悩まないよー……」

「わかった！」

そう言ってスクッと立ち上がったつぼみを、岬は目を丸くして見上げる。

「私があいつをとっ捕《つか》まえてどっかに縛《しば》っておくから、後は岬が告白する！」

「な、な、ない、ないないないない！」

真っ赤な顔をした岬がパタパタと手を振った。

つぼみは拳《こぶし》を握《にぎ》りしめたまま、「そうかなー？」と首をひねる。

「つぼみは時々、とんでもないことを言う……」

「要君のほうから告白してくれたら、楽なのにねー。こーんな感じで」

つぼみは岬の肩《かた》に手をかけ、ズイッと顔をよせた。

「岬……俺、お前のこと……好きなんだ」

声のトーンを低くしながら、真顔で迫《せま》る。

岬はゴクンッとのどを鳴らすと、逃《に》げるように体を傾《かたむ》けた。そのまま、ポテッとベンチに横たわってしまう。

「あれ、岬ー？」

真っ赤になった顔を両手で押さえながら、岬は悶絶《もんぜつ》するように足をバタバタさせる。

「さては、惚《ほ》れたな？　私に」

冗談めかして言うと、岬がガバッと起き上がってきた。

「つぼみ――――っ！」

「想像したんでしょー？」

岬が「うーっ」という顔になっているのを見て、つい声に出して笑った。

（ほんと、岬はかわいいなぁ）

「つぼみは……好きな人とか、いないの？」

岬はベンチの上にきちんと正座し直すと、改まったようにきいてくる。

「んー？　私は岬が好き」

「そういうのじゃなくて！　男子限定で……」

「男子かぁ……」

つぼみはあごに人差し指を押し当てて、ぼんやりと遠くを見つめた。

告白されたことなら何度かある。けれど付き合ってみたいとか、この人と恋愛したいとか、そんな風に思える男子にはまだ巡《めぐ》り会ったことがなかった。

一緒にいて楽しい人ならいる。要だってそうだ。気がねなく話せるし、一緒にゲームをしたり、カラオケに行ったりして遊ぶこともある。放課後にファーストフード店に立ちよったりもした。

けれどそれは岬が要に対して思う『好き』という感情とは違《ちが》うような気がした。

友達の延長線上。自分にはまだ、友達としての『好き』と、男子に対しての『好き』の違いがよくわからない。

だから、岬を見ているとちょっとうらやましくなる。こんな風に誰かにドキドキして、一喜《いっき》一憂《いちゆう》して、一生懸命《いっしょうけんめい》『恋』ができたらいいのにと思うこともある。

「人ってさ、いつ恋に落ちるんだろうね」

そんな疑問がポツリと口からもれた。

(岬は最初から……『恋』だったよね)

入学して要の隣《となり》の席になった時から、岬の恋は始まっていた。

「つぼみは……」

岬は言いかけた言葉をのみこむと、パッと顔を正面に戻《もど》す。そのままどこか落ち着かないように、卵焼きをほおばっていた。つぼみも、最後に残しておいたたまごサンドを口に運ぶ。

「阿久津君、待ってるかな……」

「今頃《いまごろ》、眉間《みけん》に皺《しわ》、寄せてるんじゃない？　桜井、なにしてんだーって」

つぼみは岬と顔を見合わせると、声を抑《おさ》えて笑い合った。

岬のキモチ

部活が終わった後も、岬は教室に残っていた。窓の外は暗くなり始めていて、蛍光灯《けいこうとう》の明かりが物静かな教室を照らしていた。

教室の後ろのスペースで、椅子《いす》に浅く腰《こし》かけ譜面《ふめん》と向き合う。

楽譜には全体練習やパート練習で指摘《してき》された指示が細かく書きこんであった。それを見ながら、最初からおさらいしていく。

机の上のメトロノームの針が、左右に揺《ゆ》れながらカチン、カチンと音を立てていた。ややゆっくりの速度だ。

それでも何度かミスしてしまう。音の強弱もまだつけられていない。所々、音程も外れてしまった。曲の始めに戻る『ダ・カーポ』の記号までたどり着いたところで、いったん手が止まる。

「やっぱり、ダメだなぁ……何度も注意されたとこ、遅《おく》れがちになるし」

膝《ひざ》においたタオルの上で管に溜《た》まった水を抜《ぬ》いてから、楽譜に目をやる。

岬はパンパンと頬《ほお》を叩《たた》いてから、もう一度トロンボーンをかまえた。

二小節分吹《ふ》いたところで、カラッと教室のドアが開く。

演奏の手を止めて振り向くと、入ってきたのは要だった。

「やっぱり、桜井だ。まだ、やってんの？」

バッグと楽器ケースを持ったまま、要は岬のそばまでやってきた。

（もしかして、さっきの下手《へた》くそな演奏、きかれてた⁉）

恥ずかしくなり、岬はごまかすように楽譜をパラパラとめくる。

「つぼみもまだ練習してるみたいだし、だからもうちょっとやっておこうと思って」

てっきり先に帰っていると思っていたのに、要もどこか別の教室で自主練習を行っていたのだろうか。そうでなければ、誰《だれ》かと雑談をしていたのかもしれない。

「阿久津君、今、帰り？」

緊張《きんちょう》しながら尋《たず》ねると、要は「んー……」と思案しながら楽器ケースとバッグを机に下ろす。

いつの間にか止まっていたメトロノームのネジを巻き直し、机に戻していた。

それはまた、単調なテンポを刻み始める。

「そう思ってたけど、やっぱやめた」

「え？」

「どこやってんの？」

要はそう言うと、横から譜面をのぞきこんでくる。

不意によせられた顔に、岬はつい緊張しながら身を引いた。

「最初から通してるんだけど……十七小節目から入るところが、やっぱりうまくいかなくて」

「あー……桜井が何度も遅れるとこ、な」

（うっ……そうです。その通りです）

要は岬にチラッと視線を向け、いたずらっぽい笑《え》みを浮《う》かべた。

「じゃ、十七小節目から」

「私の練習に付き合ってたら阿久津君が遅《おそ》くなるし……妹さん、待ってるでしょ？」

要には年のはなれた妹がいる。両親が海外にいるので、家事や妹の面倒《めんどう》は要が見ているようだった。

「大丈夫《だいじょうぶ》。だから、あまり長く引き止めるのは悪い。

「大丈夫。今日は叔母《おば》さんとこで見てもらってるから。それより、今は桜井のほうが心配だろ？」

そう言われてしまうと、もうなにも言えない。

岬は「よしっ！」とつぶやいて、姿勢を正した。

せっかく要に練習を見てもらえるのだ。トロンボーンをかまえてから、深く息を吸いこむ。

後ろに立った要が、椅子の背もたれに手をかけるのが気配でわかる。落ち着かなかったが、演奏のほうに集中しようと気持ちを入れかえて、言われた通りに十七小節目から入った。

それから十五分──。

最終下校時刻まで、あと十分を切っていた。岬が吹くのに合わせて、要も足でリズムをとっている。

メトロノームのテンポはさっきと変わらないのに、一人で練習している時よりも速く感じられて焦る。

間違えないように吹くだけでも精一杯《せいいっぱい》なのに、次々と指示が飛んでくるから追いつけない。

要が練習の時に厳しいのはいつものことだが、今日は特に細かいところも見逃《みのが》してくれない。

ミスタッチをしてしまって、自信をなくした音が小さくなる。

（今日の私、いつもより下手くそだぁ！）

「そこ、フォルティッシモ」

すかさず注意されて、思い切り強めに吹いた。

「まだ弱い。それじゃ、フォルテにもなってない……そこ、遅い。もっと音にメリハリつけて」

（わ、わかってるんだけど……追いつかないよ!!）

岬はうなずくひまもなく、必死に音符《おんぷ》を追いかける。

頭の中で譜面がグルグルまわって、悲鳴を上げそうになった。

一通り最後までやり終えると精根つき果てて、岬は譜面台によりかかる。

「阿久津君、容赦《ようしゃ》ないよ……」

ハァーと息を吐《は》いて、力のない声をもらした。

（注意されたことが多すぎて、凹《へこ》むなぁ……）

「当然だろ。同じパートなんだから。桜井にはがんばってもらわないと困るし」

要の言う通りだ。一年生ですら、中学のころからの経験者ばかりだから、岬よりもうまい。

そんな中で、いつまでも足を引っ張るわけにはいかない。

（反省しないと……）

落ちこんでいると、今まで真剣《しんけん》な表情だった要にいつもの笑みが戻る。

「やっぱ、十七小節目のとこ、遅れるよな。そんなに難しい？」

「七ポジまで腕《うで》が届きにくいんだよ。六ポジでも結構、いっぱいいっぱいなのに」

スライドと呼ばれる長い管を伸《の》ばしてみせると、要は「ふーむ」と思案するように腕を組む。

トロンボーンは一から七までポジションが決まっていて、スライドを移動させて音を変える。

ポジションには目印なんてついていないから、だいたいの感覚で測るしかない。

「Eの音、吹いてみて」

言われた通り、岬はスライドを七番目の一番遠いポジションまで移動させて吹いてみる。

つい、体が前のめりになって、要にグイッと引き戻《もど》された。

「姿勢」

（そうでした……）

正しい姿勢でないと、正しい音は出ない。

なんとか腕を伸ばしたけれど、届きそうで、微妙《びみょう》に届かないのがもどかしい。

「精一杯伸ばしてそこ？　もうちょっとがんばれない？」

（そうはいっても、私は阿久津君ほど腕が長くないんだよ！）

入学したころは制服の袖《そで》で手が隠《かく》れていたけれど、これでも、手首にピッタリくるくらいには伸びたのだ。がんばっているほうだと言ってもいい。

（神様……あとちょっと、腕が伸びますように！）

なんて、無茶《むちゃ》なことを心の中で念じていると――。

「七ポジはこのくらい伸ばさないと」

後ろにまわった要が、岬の手ごとスライドをもう少し先まで移動させる。

（え………）

背中にトンッと触《ふ》れた要の胸に、岬の心臓がドクンッと大きく跳《は》ねる。

緊張して思わず身を硬《かた》くしながら、息を呑《の》んだ。

呼ばれた拍子《ひょうし》に、指にかかっていたスライドがスルッと抜《ぬ》ける。

「あっ!」

「うわっ!!」

落ちそうになったスライドをバッとつかんだのは、ほぼ同時だった。

思わず二人とも深く息を吐き出す。

「危っな……気をつけろよ。スライド、落として凹ませたら、修理費、結構高くつくんだぞ」

「だって、びっくり……し……て……」

振《ふ》り返ると、要の顔がすぐそばにあって、岬は言葉が途中《とちゅう》で切れたまま続かなくなる。

後ろから抱《だ》き抱《かか》えられるような体勢のまま、動けない。

メトロノームの音だけが、シンッと静まった教室の中で鳴り続けていた。

「桜井……?」

目をそらせないでいると、要が静かにゆっくり息を吐く。その唇《くちびる》が動いた。

「……桜井……緊張してる?」

(するよ……するに決まってる。だって、こんなに……近いのに……)

岬は無意識に、トロンボーンを持つ手に力をこめる。

心臓がうるさいくらいに鳴っていた。

要が急に真剣な表情を崩《くず》して、我慢《がまん》しきれなくなったように笑い出す。

「えっ、なんで笑うの⁉」

「桜井がどうしよーって顔になってるから」

「あ、阿久津君が、からかうからだよ！」

岬は真っ赤になって、勢いよく立ち上がる。

「ごめん、悪い」

そう謝りながらも、要はまだ笑いが収まらないようだった。

「桜井、男子が苦手だもんな」

ようやく笑うのをやめると、要も体を戻す。

そして、メトロノームを止め、肩越《かたご》しに岬を見た。

「帰るぞ。夏川もそろそろ練習、終わってるだろ？」

「う……うん……」

岬はコクンとうなずく。気づけばもう、最終下校時刻になっていてチャイムが鳴り始めていた。

要はバッグと楽器ケースを持つと、教室を出ていく。

その後ろ姿を、岬はトロンボーンを抱きしめたまま見つめていた。

「違《ちが》うよ……苦手じゃない」

つぶやいた声は要の耳には届いていないだろう。

手で押さえた自分の頬《ほお》が熱くて、どうしようもなかった。


岬が男子に苦手意識を持っていることも、どうしてそうなったのかも、要は知っている。

一年生の時に話したことがあるからだ。

岬がトラウマになっている『完熟トマト』事件のことも。その時、要は――。


『トマトというより、リンゴ？』


そう言って、なんでもないよというように笑い飛ばしてくれた。

おかげで、あの時から少しだけ昔の自分を乗り越えられたのだが――。


男子が苦手で、怖《こわ》くて、イヤだと思う気持ちが全部なくなったわけではない。

今でも他《ほか》の男子と話すと緊張《きんちょう》してしまうし、うまく話せなくなる。

けれど、要は違う。要の前で緊張するのは苦手だと思っているからではない。

（だって、他の男子だったら、心臓……こんな音しないよ）
胸を押さえると、手のひらにトクン、トクンという音が伝わってくる。
『……岬は、告白しないの？』
つぼみの言葉を思い出して、岬はゆっくりうつむいた。

プス

chord 2

～コード2～

夏川《なつかわ》つぼみ

高校2年生。子どもの頃からフルートを習っていたが、吹奏楽部に入ったのは高校から。男子からはかなり人気。本人は興味なし。

つぼみのキモチ

吹奏楽《すいそうがく》のコンクールの地区大会が開かれたのは七月の初旬《しょじゅん》だった。

結果は金賞だったが、吹奏楽のコンクールでは金賞をとった学校がすべて地区代表になれるわけではない。代表になれるのはその内の上位数校だけだ。岬たちは残念ながら今一歩のところで地区代表にはなれず、その年のコンクールは終わってしまった。

去年が銀賞だったことを思えば健闘《けんとう》したほうだと言えるだろう。

それからまもなく梅雨《つゆ》明けすると、気温も上がり夏らしい気配が漂《ただよ》うようになっていた。


七月の半ば、つぼみは放課後の教室で自主練習をしていた。

顧問《こもん》の先生が出張しているため、今日の部活は休みだ。

他《ほか》の部員たちは帰ってしまったけれど、つぼみはもう少し練習しておきたかった。

吹《ふ》いているのはピッコロという楽器だ。フルートより小さく、高くてかわいらしい音がする。

譜面《ふめん》を見ながら何度も練習しているけれど、いつも同じところで引っかかってしまってうまくいかない。

繰《く》り返し練習していると、向かいに座っていた要が、憂鬱《ゆううつ》そうにため息をもらした。

今、教室にいるのは二人だけだ。

要は窓を背にしながら、軽く椅子《いす》を傾《かたむ》けている。そのたびに、頭がコッコッと窓ガラスに当たっていた。

つぼみは手を休めて、唇《くちびる》に当てていたピッコロを下ろす。

「なんだか、悩《なや》んでるね」

「んー……まあ」

要の返事はひどく歯切れが悪い。

「もしかして、告白されたこと？」

つぼみが尋《たず》ねると、要の座っていた椅子が傾いてガタッと鳴る。

「なんで、夏川が知ってんの？」

「みんな知ってるよー？　ウワサになってたもん。要君が一年生の子に呼び出されてラブレターもらってたーって」

昼休み、クラスのみんなはその話題で持ちきりになっていた。

なんでも、相手はすごくかわいい子らしい。

要は「誰《だれ》だよ、言いふらしてんの」と、眉間《みけん》に皺《しわ》を寄せる。

「本当にもらったんだ」

要が「これ」とポケットから取り出したのは、未開封《みかいふう》の封筒《ふうとう》だった。

裏面には女の子らしい丸い文字で、クラスと名前が書かれている。

「夏川、この子知ってる？　俺、全然わかんないんだけど」

「一年の子じゃ、私もわかんないよ」

「だよなー……どうするかな」

要は天井《てんじょう》をあおぎ見て、ぼやくようにもらした。

「先輩《せんぱい》に手紙で告白なんて、かわいいじゃん」

からかって言うと、要は複雑そうな表情を見せた。

「うれしくないんだ？」

「断んないといけないことを考えると、気が重いんだよ。泣かれても困るし……だいたい、会ったこともない相手なのに」

「モテる男子にもそれなりに悩みがあるんだね」

ピッコロをおいて練習を中断すると、つぼみは頬杖《ほおづえ》をついて話を聞く。

「他人事《ひとごと》だと思ってるだろ」

「うん、他人事だもん」

「そーだけどさ……」

要はトン、トンと手紙の角で机を叩《たた》いていた。

そんなことが、つい気になる。

（テンポ、四十……）

「……いい顔して振《ふ》ろうとするからだよ」

つぼみがそう言うと、要は休符《きゅうふ》を入れてから手紙の角でまた同じテンポを刻む。

「夏川だって告白とかよくされるだろ？　困んないの？」

「困らないよー？　私はハッキリ、キッパリ、断るもの」

「男子は泣かないからだろ？」

「男子でも泣くよー？　号泣《ごうきゅう》されたこともあるし」

「いったい、どんな振り方してんだよ」

「普通《ふつう》だよ。ごめんなさいって」

つぼみは手持ち無沙汰《ぶさた》にペンを取ると、譜面の端《はし》に練習で気づいた点や、注意点を書きこんでいく。

「それで、どーするの？　手紙の返事」

「どうって……そんなの、直接会って断るしかないだろ」

「ちゃんと読みなよー？　手紙を渡《わた》すのだって、勇気がいるんだから。きっと、すごくがんばって気持ちを伝えようとしてるんだよ」

「……夏川ってさ、どんなやつが好きなの？」

いきなりの質問に、つぼみは「え？」と顔を上げた。

押しつけたペン先から、インクがじわりとにじんでいく。

「どんなやつなら、ＯＫしよーとか思うわけ？」

「……うーん……足の速い人？」

「じゃあ、運動部？」

「いやいや、百メートル九秒台で走れるくらいの人がいい」

真面目《まじめ》な会話から逃《に》げるように、軽いノリでそう答えた。

「それ、陸上の神様じゃなきゃ無理だろ」

「理想は高く持たないとでしょ？」

「高く持ちすぎだって。そんなタイム出せる日本の高校生男子、どこにいるんだよ？」

「わかんないよー。ある日、白馬に乗った天才スプリンターが転校してくるかも」

「天才スプリンターなのに、白馬に乗ってんの？　それ、足速い意味ないじゃん」

「あ、そうだね」

要と顔を見合わせて、「あはは」と笑う。

「夏川、おっかし……！」

「……もしさ」

言いかけたつぼみを、要が「ん？」と見た。

（もし、手紙が岬の書いたものなら、要君はやっぱり断るのかな？）

「なに？」

「要君はどんな子なら、ＯＫしよーって思うの？」

「俺？　俺は……がんばってる子かな？」

「かわいい子とか、髪《かみ》長い子とか、短い子とか、性格がいいとか、色々あるでしょ？」

「じゃあ、かわいくて、髪が長かったり、短かったりして、性格のよい子がいい」

「適当だなぁ……じゃあ、今まで、好きになった子とかは？」

遠慮《えんりょ》なく尋ねると、要が一瞬《いっしゅん》、言葉に詰《つ》まる。

「いたんだ」

「なんで、そんなことときくんだよ？」

「んー……だって、興味あるし。中学のころの要君、よく知らないから。どんな風だったのかなーと思って」

中学の文化祭の時、吹奏楽部の演奏会が開かれていて、岬と一緒《いっしょ》にそれを体育館の隅《すみ》っこできいていたことならある。要はあの時、トロンボーンを演奏していて、それが印象に残った。

ただ、中学生だったころは一度も話しかけたことはなかったし、要もつぼみや岬のことなんて知らなかっただろう。

「いませんでした」

要は軽く肩《かた》をすくめて、あっさり答える。

「部活ばっかりで、恋愛《れんあい》とかしてるヒマなかった」

「もったいない」

中学のころ、つぼみのクラスでもかっこいい男子がいると、要のことは評判になっていた。告白されたこともあっただろう。

「夏川こそどーなわけ？　好きなやつとかいなかったの？」

「考えなかったからね……私は」

つぼみは頬杖をやめて、窓の外に目を移す。

仲のいい男子なら、中学のころにもいた。けれど、相手から急に告白されたりすると、どうしていいのかわからなくなる。そうなってしまうともうダメで――。

ギクシャクしてしまって、こちらに恋愛感情がないとわかると、相手は失望したみたいにはなれていってしまう。

ずっと、その繰り返しだった。

相手と同じ気持ちを返せない。だから、告白はつぼみにとっては決別宣言と同じ。

好きだと言われるたびに、いつも一人取り残されたような、寂《さび》しい気持ちにおそわれる。


「恋愛、したくなんないの？」

「どうかな？　天才スプリンターが現れたら考えるかも」

つぼみは要と視線を交《か》わして、ひとしきり笑った。

お互《たが》いに音楽バカ。楽器が恋人《こいびと》。自分たちは多分、どこか似ているのだろう──。

岬のキモチ

（ああ、もう。八木先生、用事言いつけすぎだよ！）

放課後、岬は急ぎ足で廊下《ろうか》を通り抜《ぬ》ける。教室に向かうと、中から笑い声が聞こえてきて、

「あれ？」と足を止めた。つぼみと要の声だ。

教室のドアはわずかに開いたままになっている。のぞいてみると、やはり二人が一緒だった。

机を挟《はさ》んで座り、話を弾《はず》ませている。

（なんの話、してるんだろう？）

気になるが、会話の内容までは聞こえてこない。

岬は入るに入れず、ドアのそばでしばらくソワソワしていた。

（隠《かく》れてないで、出ていけばいいのに）

けれど、なんだか二人の邪魔《じゃま》をするみたいだ。

そんなことは、要もつぼみも思わないだろう。普通に話をしているだけなのはわかっている。

わかっているのに、どうしても――中に入っていけない。

（二人とも……楽しそうだし）

笑い声を聞きながら、岬はドアを背にしてしゃがみこむ。

（今日は、先に帰る？）

つぼみにはメッセージを送っておけばいい。

（ああ、でもダメだ……）

バッグも携帯《けいたい》も教室におきっぱなしだ。

岬は表情をくもらせた。

（やだな……）

友達なのに、親友なのに、こんなことを気にしてモヤモヤしている。

もう少し時間をつぶしてこようと、岬は二人に気づかれないようにそっとその場をはなれた。


岬が音楽室で自主練習をしてから教室に戻《もど》ってくると、要の姿はなかった。

遅《おそ》くなったことをつぼみに謝り、二人で校舎を出る。

外は薄暗《うすぐら》くなっていて、雨が降り出していた。

「あー……やっぱり、降ってきちゃったね」

傘《かさ》を広げながら、つぼみが濁《にご》った空を見上げる。岬も自分の折りたたみ傘を開いて差した。

歩き出すと、二人の傘にパラパラと雨粒《あまつぶ》が当たる。

「あ、そうだ、つぼみ。今日、ジェラート食べて帰ろうよ！　私、おごるから」

「どうしたのー？　あっ、わかった。ノート、写させてほしいんでしょ？」

「それも、あるんだけど……つぼみ、待たせちゃったから」

「要君のこと、気にしてるでしょ？」

「えっ、な、なんで⁉」

びっくりしてきくと、つぼみはクスッと笑ってからよってくる。

お互いの肩がトンッと当たった。

「ききたそうな顔、してるから」

「そんなに……わかりやすいかな？」

岬はすっかり見抜かれていたことが恥《は》ずかしくて、声を小さくする。

「告白、されたんだって。一年生の女の子に」

「えっ⁉　うそ、いつ⁉」

「お昼休み」

「し、知らなかった」

昼休みも八木先生に呼びつけられて用事を片付けていたから、岬が教室に戻ってきたのは授業が始まる直前だった。

軽くショックを受けて、ノロノロと歩く。隣《となり》を歩くつぼみも歩調を合わせてくれる。

「ラブレターもらったみたいだよー？」

要が告白されるのはいつものことだが、何度聞いてもそのたびに落ち着かなくなる。

「阿久津君……返事、したのかな？」

恐《おそ》る恐るきくと、つぼみはこっちを見てニコッとした。

「断るって」

「そっか……」

「安心した？」

つぼみにきかれて、岬は傘を傾《かたむ》けながら空に視線を移した。

「それは……でも、いつか、私も……同じように断られるんだろうなーって……」

要はいつも思わせぶりな態度をとる。けれど、それは要にとってはなんでもないことなのだろう。

それなのに、要の態度に翻弄《ほんろう》されてドキドキさせられて、自分ばかり気持ちを募《つの》らせている。

告白して振られてしまう他《ほか》の女の子たちと、なにも変わらない。

いつも、気持ちは一方通行——。

特別だという想《おも》いが大きくなればなるほど、要の気持ちとはズレていくようで、どうしていいのかわからなくなる。どうすれば、この気持ちがピッタリと重なり合うのか。

つぼみも岬も黙《だま》ってしまったから、雨音だけがしばらく聞こえていた。

空気が重くなったように思えて、岬はぎこちなく笑《え》みを作る。

そんな岬を見て、つぼみがゆっくり口を開いた。

「……岬は大丈夫《だいじょうぶ》だよ」

「わかんないよ、そんなの」

「大丈夫だよ」

背中をポンと叩《たた》くと、つぼみは明るく笑った。つられて、岬も笑みをこぼす。

つぼみの言葉に、いつも岬ははげまされている――。

「つぼみ、私、がんばるからね！」

「おおっ、ついに告白!?」

「それはまだムリ！」

岬は赤くなって、パタパタと手を振《ふ》った。

(告白するにしても、段階ってものがあるわけで……)

そのステップを一つ一つ踏《ふ》まないでいきなり告白するのは、泳ぎの練習もしたことがない人が、飛びこみ台に上がって、ひねり技《わざ》を決めようとするようなものだ。

「じゃあ、なにをがんばるの？」

「かわいく……なりたいなぁ……」

言いながら、自分でも恥ずかしくなって声が小さくなる。

「岬はそのままでもかわいいのに」

「かわいくないよ！　全然、女の子らしくないし……つぼみみたいな髪型《かみがた》も似合わないし……」

岬は自分の髪に手をやった。伸《の》ばしてもピンピンはねるし、髪のアレンジもうまくいかない。

料理をがんばる、といっても要のほうがうまいに決まっている。

毎日自分の弁当を作ってきているし、調理実習の時も大根のかつらむきだってスルスルやってしまうのだ。目玉焼きが精一杯《せいいっぱい》の岬では、とても太刀《たち》打《う》ちできない。

（これで好きになってくださいなんて、口が裂《さ》けても言えないよ）

言っても、きっと笑い飛ばされるだけだ。

「よしっ、岬。買い物に行こう！」

つぼみが岬の腕《うで》に、スルッと腕をからめて言った。

「ええっ!?　急にどうして!?」

「かわいくなる変身グッズ、どこにも売ってないって！」

「そんな便利なグッズ、どこにも売ってないって！」

「売ってる、売ってる。大丈夫、任せて！」

グイグイ引っ張られて、岬はよろけそうになりながらつぼみの後についていった。

土曜日の昼休み、岬は要と二人で弁当を食べていた。午前中の授業も終わり、これから部活だ。

いつもならパートのみんなと一緒《いっしょ》に弁当を食べるが、今日に限って二人だけだから落ち着かない。他の二年生は外で食べているし、一年生は課外活動があるため遅《おく》れるようだった。つぼみも、別の部室でフルートのみんなと弁当を食べている。

全開になった窓から温《ぬる》い風が思い出したように入ってくるけれど、教室の中の蒸《む》し暑さは変わらなかった。

運動部のかけ声を聞きながら、岬はパクッとプチトマトをほおばる。

机を挟《はさ》んで向かいに座った要は、ずっとイヤホンで音楽をきいていた。もれてくるのはトロンボーンの音。曲は吹奏楽《すいそうがく》でもよく使用されているクラシックだ。

無意識なのか、箸《はし》が弁当の隅《すみ》でリズムを刻んでいる。

岬は食べかけの要の弁当に目をやり、ゴクンッとのどを鳴らした。

（ダメだ、すごくおいしそう……）

二段重ねのお弁当で、一段目にはおにぎり。しかも、薄焼《うすや》き卵で巻いたおにぎりになっていて、ケチャップでニコニコマークが描《か》いてあるこりようだった。

二段目にはアスパラの肉巻き。その上、アボカドとエビのサラダまで入っている。そんなオシャレなおかず、岬の弁当には入っていたことがない。

卵焼きも綺麗《きれい》な黄金色《こがねいろ》で見るからにプルンッとしている。

昨日、つぼみに『お弁当とか作って渡《わた》したら？』とアドバイスをしてもらったけれど、要に渡せるお弁当など作れそうにない。失敗作の弁当なんて渡したところで、喜ばれるどころか、失望されてしまいそうだ。

ふと視線を感じて顔を上げると、要がイヤホンを外してこちらを見ていた。

「桜井、どうしたの？」

「えっ……？」

身を乗り出すようにして要の弁当を凝視《ぎょうし》していたことに気づき、岬はあわてて浮《う》いた腰《こし》をイスに戻《もど》した。

「どうもしないよ？」

（暑いなぁ……）

そうごまかしながら、パタパタと自分のほてっている頰《ほお》を手であおぐ。

「……ああ……いる？」

要はそう言うと、弁当を差し出してきた。

「えっ⁉ いいよ。私、自分のお弁当があるし」

「食いたそーな顔して、見てただろ？」

「それは、ただすごいなって思って……私は料理とかあんまり上手じゃないから……うらやましいなぁって」

岬は自分の弁当箱をさりげなく引きよせた。

練習のつもりで、今日は自分で作ってきた弁当だ。

要と二人で食べることになるのなら、母に目一杯かわいい弁当を頼《たの》めばよかった。卵焼きは焼きすぎてかたくなっているし、焦《こ》げているし、おまけにレンジで温めるだけのおかずばかりだから、全体的に茶色い。彩《いろど》りはプチトマトとキュウリくらいだ。ご飯は詰《つ》めて、ふりかけをかけただけ。こんな弁当は恥《は》ずかしくてとても見せられない。

「俺だってそんなに手間はかけてないけど……あり合わせだし」

(手間をかけてない⁉ あり合わせ⁉ どこが⁉)

「だって、おにぎりに顔が描いてあるよ⁉」

「これは、妹のも作るついでだったんだよ。いつも顔描いてるわけじゃないって！」

要はちょっと恥ずかしそうな顔をする。

「ウソだ……いつもおいしそうなお弁当作ってるし」

「それは……まあ、作るのきらいじゃないし。でも、本当に適当だって。十五分くらいしかかけてないし」

「ウ、ウソだ……私なんて冷凍《れいとう》ばっかりなのに、一時間くらいかかったよ！」

「えっ、桜井、その弁当、自分で作ったの？」

「え……？」

要の視線が弁当に向かうのがわかり、岬は「わあああっ！」と声を上げて机の下に隠《かく》す。

「隠さなくてもいいじゃん」

「そんなかわいいおにぎり作る人に、見せられない!!」

「なんで？　あ、じゃあ、なにか交換《こうかん》する？　俺、卵焼き、自信あるよ」

（私は卵焼きが一番自信ないよ！）

他《ほか》のものは作ったと言えるほどのものでもない。

「桜井、はい」

呼ばれて、岬は差し出された卵焼きをパクッとほおばる。

次の瞬間《しゅんかん》、そのおいしさにびっくりして目を見開いた。

薄味の出汁《だし》がきいていて、ほんのり甘く、焼き加減も中はしっとり外はふんわりと完璧《かんぺき》だ。

これはもう家庭の卵焼きではない。店の卵焼きだ。

（幸せの味だぁ〜！）

うっとりモグモグしていると、要が身を乗り出して、岬の弁当から出来損《できそこ》ないの卵焼きをつまむ。

「あっ！」

と、思わず声を上げた時には、卵焼きは要の口の中だった。

「食べたの⁉」

「うん」

要はうなずいてから、「んー」という微妙《びみょう》な顔をした。

（やっぱり、おいしくないんだ！）

「ごめん、ホントにごめん！　初めてだったんだよ。卵焼き挑戦《ちょうせん》したの……これでも、三回目でようやく巻けたの！」

岬は両手を合わせて、必死に言い訳する。

「妹の卵焼きよりは、ひどくないって。あいつの卵焼きなんて、時々殻《から》まで入ってるし、砂糖いれすぎて失敗したプリンみたいになってる時あるし」

「それに比べたら、食えるって。初めてならむしろ上出来」

要はそう言うと、ニコッと笑った。

（そっか、上出来なんだ……）

顔がほころびそうになって、岬はあわてて引きしめる。

（小学二年生の妹さんに比べたら、だよ！）

高校二年生としては、間違《まちが》いなく失格だろう。


「プリン⁉」


「一生、おいしいって言ってもらえるようなお弁当、作れない……」

独り言をもらして、岬はゴンッと机に頭を下ろす。

「……誰《だれ》かに弁当作ろうとしてんの？」

岬は、「えっ？」と頭を浮かせて要に視線をやる。

お互《たが》い目が合ったまま、少しのあいだ沈黙《ちんもく》した。

ふいっと視線をそらしたのは要のほうが先だ。

「まあ……がんばれば？」

「う、うん……」

小さな声で返事して、身を起こす。

要がイヤホンを耳に戻したから、それから、会話はしばらく途切《とぎ》れたままだった。

要のキモチ

月曜日の昼休み、要は屋上にいた。一緒《いっしょ》に弁当を広げているのは友達の初谷柊一《はつやしゅういち》と、笹部貢《ささべみつぐ》の二人だ。一年の時から同じクラスということもあって、要はこの二人と一緒にいることが多かった。

三人でフェンスによりかかりながら、弁当のポテトサラダを口に運ぶ。

「なんで……なんで、あくっちゃんだけ、女子にモテるんだよ――――っ!!」

貢の絶叫《ぜっきょう》がうるさくて、要は顔をしかめた。

下駄箱《げたばこ》に入っていた手紙をうっかり見つけられてから、ずっとこの調子で絡《から》まれている。

「俺だけって、柊一だってモテるだろ?」

要はそう言って、我《われ》関せずとヘッドホンをつけている隣《となり》の柊一に視線をやった。

柊一は音楽をきき流しながら、サンドイッチをほおばっているところだった。

柊一は背も高いし、運動神経もよく、バスケ部のレギュラーとして活躍《かつやく》しているから、女子のファンは多かった。

「お前らのようなやつがいるから、俺みたいな日陰者《ひかげもの》が絶望を味わうことになるんだ‼」

貢はアルマジロのように丸くなり、オンオン泣くマネをする。貢は背がそれほど高くなく、童顔だ。黙《だま》っていればわりとモテる顔のくせに、この通り、やかましくてしつこいから、女子にはまあまあ、うっとうしいと思われている。


「笹部、お前さー……黙ってれば？　そうすれば、女子もよってくると思うけど？」

「えっ、ムリ！　なー、あくっちゃん。女子を紹介《しょうかい》してよー。頼むよー。親友のためだろ？」

貢が肩《かた》をつかんで揺《ゆ》さぶってくるから、膝《ひざ》の上の弁当箱が傾《かたむ》きそうになる。

「笹部、弁当こぼれる。っていうか、お前のコロッケ落ちてる！」

弁当箱を押さえながら言うと、貢は自分が握《にぎ》りしめているパンに目をやった。

そこにあったはずのコロッケは、コンクリートの上に転がり落ちていた。

貢はそれをすかさず拾って、口に押しこむ。

「えっ、食うの⁉」

「大丈夫《だいじょうぶ》。三秒経《た》ってない」

平気な顔をしながらモグモグ食べている貢に、要は唖然《あぜん》とした。

「いや、経った」

隣に座っていた柊一が、ヘッドホンをずらして指摘《してき》する。

聞いていないのかと思ったが、ちゃんとこちらの話も耳に入っていたらしい。

残りのパンも口に押しこんでゴクンとのみこんでから、貢は疑わしげな目をジッと向けてきた。

「あくっちゃんさ……俺に内緒で、実は彼女とか作ってないよな⁉」

「ハァ？ なんで、そんな話になるんだよ？」

「だって、夏川さんとか、桜井さんとか、仲よしだろ！」

「あの二人は部活が一緒なんだって」

「部活以外でも一緒にいるだろー。手なんかもつないで帰ってるだろー⁉」

「いや、ないって……」

だんだん、答えるのが面倒《めんどう》くさくなって投げやりな言い方になる。

「まさかもう、どっちかと付き合っちゃった⁉ ってか、どっちと⁉」

「だから、付き合ってない！」

（なんで、こんなこと言わされなきゃいけないんだ？）

グイッと顔をよせてくる貢を、要は手で押しのけた。

「俺らの夏川さんか⁉ 夏川さんだったら、俺泣いちゃう！」

（ああ、もう。しつこい‼）

「柊一、こいつ、なんとかして！」

　要が助けを求めると、柊一はサンドイッチを手に振《ふ》り返った。

「笹部、要がウザいから逆さ吊《づ》りにしてゴミ箱に頭から突《つ》っこみたいそうだ」

　柊一は言い終えると、自分の役目は終わったとばかりに顔を正面に戻《もど》す。

「あくっちゃん、俺のこと、そんな風に……」

　ショックを受けたようにはなれた貢は、プルプルと震《ふる》えて瞳《ひとみ》を潤《うる》ませる。

「いや、そこまでは思ってないって……」

「もっと、罵《ののし》ってくれ‼」

「意味わかんねーよ！」

　抱《だ》きついてきた貢を引きはがそうとしたが、なかなかはなれない。

　要はげんなりして額に手をやる。

　柊一とも、貢とも、中学は別だ。知り合ったのは高校に入ってからで、貢は気づくとまとわりついてくるようになっていたし、柊一とはなんとなく気が合って、一緒に行動するようになっていた。

　貢も普段《ふだん》はうるさいが、いないとそれはそれで静かすぎて物足りない。

それに根は悪いやつではないのだ。ただ、時々無性《むしょう》にげんなりするだけで……。

「でもさ、マジな話、どっちかと付き合いたいとか思わないわけ？　どっちもかわいいじゃん！　恋愛《れんあい》関係、なるでしょ。フッーは！」

「ならないって。だいたい、部活のほうが忙《いそが》しいのに、恋愛とかしてるひまないし」

「じゃあさ、じゃあさ！　あくっちゃん、付き合ってねーし、恋愛する気ないんだったら、夏川さんとデートさせて！」

両膝をついた貢が、祈《いの》るように両手を握り合わせて見つめてくる。

「そんなこと、自分で頼《たの》めばいいだろ？」

「親友の頼みだろ⁉　俺、夏川さんと一回デートできたら、天に召《め》されてもいい！」

「だから、なんでそれ、俺に言うんだよ？」

「俺が頼んでも、百パーセント断られるだろー！　でもあくっちゃんが頼めば、断る女子はいないだろー！　桜井さんでもいい！」

懇願《こんがん》してくる貢を一瞥《いちべつ》してから、要はツイッと視線をそらした。

「……桜井はダメ」

「え⁉　なんで⁉　まさか……やっぱり、あくっちゃん……」

「違《ちが》うけど、ダメ」

貢なんて近づけたら、男子が苦手な岬は目をまわすに決まっている。普段でも、貢に話しかけられると、そのテンションについていけなくて、傍《はた》から見てもオロオロしているのだ。

貢のせいで男子に対して余計に苦手意識を持つようになっては困る。

(夏川なら、まあ……適当にあしらうだろうけど)

「あくっちゃんのおたんこなす、スケベ、ムッツリ、俺が一生、彼女ナシでもいいのかよー!」

貢はその場にうずくまり、また声を上げてウソ泣きし始めた。

うかつに同情を見せれば、しがみついてはなれなくなるのだ。

要は辟易《へきえき》しながら、「もう、知らん」と背を向ける。

その時、屋上のドアが開いて、同じクラスの女子が顔を出した。

「笹部ー、八木ちゃんが三分で職員室来いって。ってか、なんであたしがあんたのためにパシリみたいなことしなきゃならないのよ。ムカつく!」

女子は言い終えると、八つ当たりのように力いっぱいドアを閉めた。

「えっ、なに……なんだろ。怖《こわ》い。もしかして、学校の女子全員の下駄箱にラブレター入れたの、俺だってバレたのかな!?」

ムクッと起き上がった貢が、怯《おび》えた表情を作る。要は「え⁉」と、思わず貢を見た。

「三者面談の希望用紙出してなかったことでしょ。早く行かないと親に電話されると思うけど」

そう答えたのは柊一だ。

「それだけは、プリーズヤメテクレー！」

貢は勢いよく立ち上がると、要の弁当を鷲《わし》づかみにした。

「あっ、俺の弁当！」

声を上げた時には奪《うば》い取られていて、あっという間に逃《に》げられる。

要は箸《はし》を握りしめたまま放心して、閉まるドアを見ていた。

「……あいつ、箸ないのにどうやって食うつもり？」

「手づかみじゃない？」

要はあきれて、柊一と顔を見合わせた。

「というか、俺の昼飯、どうしてくれんの⁉」

貢に弁当を奪われるのは、これで何度目か知れない。隙《すき》あらばおかずを奪おうとするのはいつものことだが、今日は完全に油断していた。まさか、弁当箱ごとやられるとは。

（半分以上、手つかずだったのに……！）

ガクッとしていると、横から「ん」とたまごサンドのパックが差し出される。

「お前……足りるの？」

「まだ、ある」

柊一はビニール袋《ぶくろ》からサンドイッチを取り出した。袋の中にはまだ、どっさりと入っている。

「えっ、これ、全部食うの⁉」

「放課後まで腹もたないし」

柊一はツナサンドを、パクパクと二口で食べ終える。

柊一は細いくせによく食べる。二段式の弁当も、朝のホームルーム前にはもう平らげていた。

それでほとんど体重が変動しないのは、部活でハードな練習を毎日こなしているからだろう。

「……ありがたく、もらっとく」

要は素直《すなお》にサンドイッチを受け取って、さっそくパックを開いた。

「で、本当のところはどうなんだ？」

何気ない口調で問われて、手が一瞬《いっしゅん》止まる。

「それ、お前まできく？」

「サンドイッチ提供分くらいは」

（もらうんじゃなかった……）

後悔《こうかい》しながら、要は思案するように宙を見つめる。

「どうって……夏川は話しやすいんだよな。あんまり気をつかわなくていいし。でも、夏川にとってはそれが当たり前なんだよ。俺だけじゃなくて、他《ほか》のみんなに対しても」

それは、自分も似たようなところがあるからわかる。

「まあ、そうかもな」

「でも、桜井は……よく、わかんないんだよな」

要は正直な気持ちを、ため息とともにもらした。


入学式の時、岬と一緒《いっしょ》に遅刻《ちこく》して、体育館の外で式が終わるのを待っていた。同じ中学の出身だと気づいたのはその時だ。

初めて岬を見かけたのは、中学二年のころだったと思う。

夏休みも終わりに近づいたある日のことだった。

要はその日も吹奏楽部《すいそうがく》の練習のために学校に来ていて、倒《たお》れそうな炎天下《えんてんか》でマーチングの練習を行い、十五分ほど休憩《きゅうけい》に入った。

Tシャツとジャージズボン姿で、要は外の水飲み場に向かった。ペットボトルの水も水筒《すいとう》のスポーツドリンクもとっくに切れていて、とにかくなんでもいいからのどに流しこみたかった。

けれど、水飲み場には先客がいた。水を出しっぱなしにしたまま、運動部の女子生徒が縁《ふち》に両手をついて、声を押し殺しながら泣いている。

運動部は大会の最中らしく、朝からバスが表門のところに止まっていたことを思い出した。

その子は涙《なみだ》が止まらないのか、何度も、何度も、Tシャツの袖《そで》で顔を拭《ぬぐ》っている。

(試合に負けたのか——)

校舎の時計はもう午後五時すぎで、試合を終えた生徒たちも戻《もど》ってきている時間だった。

別に譲《ゆず》るというわけでもなかったが、水飲み場なら他にもある。

わざわざ、人が泣いている横で水を飲まなくてもいい。

その子は誰《だれ》かに見られているなんて気づいていないし、見られたとわかれば気まずいだろう。

そっとしておいて、その場をはなれたほうが親切だ。

クラスの子や顔見知りならともかく、相手は何年生かもわからないし、名前も知らない。関係ないのだから、声をかけるのもおかしい。相手だって、知らない相手からなぐさめの言葉なんてもらっても、気休めにもならないだろう。

（よほど、くやしかったんだろうな……）

そんな風に思いながら、要は遠巻きに泣き続ける女子生徒の姿を見つめていた。

それだけ一生懸命《いっしょうけんめい》、打ちこんできたのだろう。

けれど、精一杯《せいいっぱい》が届かない時はある。

どんなにがんばっても、報《むく》われないこともある——。

仕方ないと、あきらめることでしか乗り越《こ》えられないものもある。

要は首にかけていたタオルを両手で握《にぎ》りしめ、身をひるがえして立ち去ろうとした。

二歩ほど進んだところでやっぱり気になって振《ふ》り返ると、その子は立ち上がって濡《ぬ》れた頬《ほお》を拭っている。

気持ちを落ち着かせようとするように、大きく深呼吸しながら空を仰《あお》いで。

『ここから、またリスタートだ』

ああ、そうか……この子はあきらめないのだ。

仕方ないとか、そんな風には考えないのだ。

どんなに落ちこんでも、上を向いて笑おうとする。

胸を打たれ、気づいたら足を向けていた。
肩《かた》にかけていたタオルは取り替《か》えたばかりの新しいものだ。
気配に気づいて振り返ろうとしたその子の頭に、タオルをパサッとかける。
『えっ、あれ!?』
いきなりのことにびっくりしたのか、頭のタオルに手をやってオタオタしている。
そんな彼女に背を向けて、要はなにも言わないまま急ぎ足でその場をはなれた。
精一杯のエールのつもりだった。
がんばれと――。
辛《つら》さから逃げないで向き合おうとする、そのころ名前も知らなかった彼女への。

あの時は会話なんてしなかったし、岬はこちらの顔などほとんど見ていなかった。だから、気づいていないのも仕方ない。
要も入学式に岬を見た時は、「もしかして」くらいの気持ちだった。

『同中？』

入学式が終わるのを待ちながら尋《たず》ねてみると、岬はびっくりした顔をしてうなずいた。

『同じ中学だったよ』

そう返されて、「ああ、あの時の子だ」とうれしくなった。

同じ高校を受験していたなんて知らなかった。その上、クラスも同じで、席も隣同士《となりどうし》になって、何気なく、最初のホームルームの時にまわしたノートの切れ端《はし》。

『これからも、よろしく』

そう書いて渡《わた》すと、彼女は緊張《きんちょう》した様子で手紙を返してくれた。

『こちらこそ、よろしくね』

（どんな子だろうな？）

知りたくて、その後もずっと手紙のやりとりを続けている。

同じ部活になって、同じパートになって、一緒にいる時間は前よりもずっと増えたし、遅《おそ》くなった時には並んで帰ることもある。

二年生になって、前より岬のことがわかるようになった。

向こうも今では普通《ふつう》に話してくれるし、よく笑ってくれる。

言いたいことも、そこそこ言い合えてはいるはずだ。ただ――。

「……距離感《きょりかん》がわかんないんだよ」

「そういうの、気にしてたのか」

柊一に物珍《ものめずら》しそうな顔をされて、要は微妙《びみょう》に顔をしかめる。

「するに決まっているだろ。桜井、すぐ逃《に》げるし」

「桜井さん、男子が苦手みたいだからな」

サラッと言われて、要はサンドイッチをのどに詰《つ》まらせそうになった。

「な……なんで!?」

「普通に見ていれば、気づくだろ」

柊一が渡してくれたペットボトルを受け取り、ゴクンとのどに流しこんで一息吐《つ》く。

「やっぱり、そうだよなぁ……」

(桜井わかりやすいし、顔にもすぐ出るし……)

あれではいつクラス全員に知れ渡って、例の『完熟トマトの悲劇』再びとなるかわからない。

そうなっては目も当てられないだろう。

「桜井のことは心配になるっていうか……見てて危なっかしいし。だから、放《ほう》っておけないんだよ」

「……それだけか？」

「他《ほか》になにがあるんだよ？　桜井は男子が苦手なのに、恋愛《れんあい》とかそういう話になるわけないだろ」

柊一はこちらを一瞥《いちべつ》しただけで、それ以上、なにも言わなかった。

ただ、岬はいつだって一生懸命だから、ついその手を引っ張ってやりたくなる。

（……こういう気持ちって、なんて言うんだろうな？）

chord 3
～コード3～

阿《あ》久《く》津《つ》 要《かなめ》

高校２年生。中学、高校と吹奏楽部。トロンボーンを吹く。料理、家事などは得意で、男子、女子問わず、人気があり、モテる。

つぼみのキモチ

学期末テストが終わった日の放課後、つぼみは岬と駅前のショッピングモールに来ていた。

「つぼみ、やっぱり、いいよ！」

キョロキョロしながら、落ち着かない様子で言う岬の手を、「いいから、いいから」と引っ張っていく。向かったのは雑貨ショップのヘアアクセサリーコーナーだ。

「似合わないって！　こんなかわいいの」

「岬、この前、結局、全然、服買わなかったでしょー？」

「だって、買っても着ていくところないし！」

「だから、思い切ってデートに誘《さそ》えばいいのに」

「付き合ってもないのに⁉」

「そう。お試《ため》しデート」

「阿久津君、きっと忙《いそが》しいよ……ほら、部活があるし！　妹さんの面倒《めんどう》も見ないといけないし！　私と出かけているようなヒマ、ないんじゃないかなー」

あさってのほうを向きながら、岬は言い訳するように早口で言った。

その頰《ほお》がジワジワと赤くなっていく。

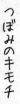

身をかがめていたつぼみは、ため息を吐《つ》いて体を起こした。そして、岬のほうをクルッと向く。

「岬！」

強く呼ぶと、岬はビクッとしながら姿勢を正した。

「かわいくなりたいなーって、言ったの誰《だれ》だった？」

「私……かな？」

「要君に振《ふ》り向いてほしいんじゃないの？」

「ほしい……です……」

モジモジしながら声を小さくする岬に、つぼみはニコーッと微笑《ほほえ》んだ。

「この魔法使《まほうつか》いが、岬を思いっきりかわいくして、お城の王子様のところに送り届けてあげるから。任せなさい！」

「ええっ⁉」

「あ、ほら。このヘアピンとかかわいいよ？　うーん、でも、岬にはこっちかな？」

岬に似合いそうなヘアピンを選んで、髪《かみ》に当ててみる。

一つはネコのヘアピン、もう一つはリンゴのヘアピンだ。

鏡に目をやった岬の顔が一気に輝《かがや》いた。

「か、かわいいー‼　でも、かわいすぎるよ。こんなの学校につけていけないって！」

「夏休み中なら平気だよ。先輩《せんぱい》なんて、頭にパンダついてたよー？」

「えっ、パンダ⁉」

「うん、やっぱり、岬にはこっちのリンゴだね」

つぼみはヘアピンを手に、「すみませーん」とカウンターに向かう。

「あっ、待って、つぼみ！」

「これは私が岬にプレゼントする」

「わっ、ダメだよ。私、ちゃんと払《はら》うよ！」

「いいの。プレゼントしたいんだから」

つぼみはヘアピンを店員の女性に渡《わた》して会計をしてから、すぐにつけられるようにタグを切ってもらった。それを、その場で岬の髪にパチンと留める。

「ほら、かわいい」

岬は自分の髪にそっと手をやると、うれしそうに顔をほころばせた。

「ありがとう、つぼみ……私、これ、大事にするね」

「うん！」

買い物を済ませてから、二人はフードコートに立ちよった。

シェイクを注文して、オープンテラスの席に移動する。

観葉植物が日差しを遮《さえぎ》ってくれるし、ミストのおかげでひんやり涼《すず》しい。

「岬は、要君って呼ばないの？」

頬杖《ほおづえ》をつきながら尋《たず》ねると、岬はびっくりしたようにこちらを見た。

「一年の時からずっと、阿久津君だったから、今から変《へん》えるの変かな……って」

そう言いながら、岬はイチゴシェイクをストローでサクサクと混ぜる。

「そんなことないんじゃない？　他《ほか》の女の子だって、要君って呼んでるよー？」

むしろ、『阿久津君』と呼んでいる岬のほうが珍《めずら》しいくらいだ。女子の中では一番と言ってもいいくらいに仲がいいのに。

「でも、ほら、緊張《きんちょう》しそうで」

「試しに呼んでみればいいのに」

「阿久津君だって呼び方変えたら、なんでだろうって思うだろうし！」

「そういうのがドキッとするんだと思うけどー？」

「そう……かな？」

「岬だって、要君から『みさき』なんて呼ばれたらドキッとしない？」

想像でもしたのか、岬は赤面する。それからすぐに風船がしぼんだみたいに小さくなった。

（ほんと、岬はわかりやすいなぁ）

つぼみは、クスッと笑って話を続ける。

「サラッと、軽い感じで呼べばいいのに」

「……呼べないよ」

ポツリとつぶやいた岬は、困ったような顔をしてぎこちなく笑う。

「ほら、私が呼ぶと、色々バレちゃいそうで……」

「そっか……」

岬にとって、ただの名前、ただの呼び方ではないのだろう。特別な名前。

駐車場《ちゅうしゃじょう》の車の音と、人声がどこか遠く、蟬《せみ》の声と混ざり合ってぼやけるようにずっと聞こえていた。

岬がモールに入っている本屋に立ちよっているあいだ、つぼみは雑貨ショップをのぞいていた。表に並んでいるのはリップクリームだ。

（そういえば、リップ、切れてたんだ……）

棚《たな》の前で足を止め、いつも使っているリップをさがす。

フルートを吹《ふ》いていると、どうしても唇《くちびる》が乾燥《かんそう》してカサカサになってしまう。

「これ、かわいいよねー!」

「あっ、ほんとだ。新色出てる」

にぎやかな声につられて隣《となり》を見ると、そこにいたのは他の学校の制服を着た女の子たちだ。

色つきリップを手にとって眺《なが》めている。

人気モデルの成海聖奈《なるみせな》が宣伝しているリップで、パッケージもかわいい。

(色つきリップ……かぁ)

つぼみが使っているのはただの無色、無香料《むこうりょう》の薬用リップだ。

彼女たちが新色のリップを手にカウンターに向かうと、つぼみは横に移動した。

(かわいくなりたい……か)

お試し用の見本も並んでいる。

(ちょっとだけ、試してもいいかな?)

そんな誘惑《ゆうわく》にかられ、見本のリップを手にとった。

小指の先にとって目の前の鏡を見ながら重ねてみると、いつもよりツヤツヤして、ピンク色にそまった唇は、自分の唇ではないみたいに大人びて見えた。

「どう……かな？」

「んー……いいんじゃない？」

独り言のつもりだったのに、後ろから声が返ってきたので、つぼみは飛び跳《は》ねるように振り返った。

「か……要君!!」

後ろから鏡をのぞきこんでいた要が、あごに手を添《そ》えながらチラッとこちらを見る。その視線が唇に向かうのがわかって、つぼみはゴシゴシと手で拭《ぬぐ》った。

「落とすことないのに。せっかく似合ってたんだから」

「や、やだなーっ、ただ唇がカサカサになってたからだよ」

目を合わせるのがひどく恥《は》ずかしく思えて、ゆっくりうつむく。

その時だった――。

要がふと手を伸《の》ばす。その親指が、つぼみの唇を拭うようになぞった。

（――え？）

「ほんとだ。楽器吹くと荒《あ》れるよな」

唇に視線をそそいだままつぶやいた要はハッとしたように、つぼみの顔を見る。

つぼみはというと、いっぱいに目を見開いたまま要を見つめていた。

「あっ、悪い……！」

要はあわてたように手をはなすと、その手を自分の口もとに運んで押さえる。

視線が、動揺《どうよう》したようにさまよっていた。

「なにやってんだ、俺」

そんな当惑《とうわく》したようなつぶやきが、要の口からこぼれる。

無意識の行動。それだけ——。

いつものつぼみなら、「もー、なにやってんの！」と笑い飛ばして終わり。

なのに、今日はどうしてか言葉が出てこない。

心臓の鼓動《こどう》が速くなるのが自分でもわかった。

顔だけでなく、うなじまで熱くて汗《あせ》ばんでくるような気がする。

平気な顔をしていないと。なんでもないように。いつもみたいに。

「要君は……なにしてたの？」

「俺は柊一とCDショップによろうと思ったとこ。夏川いるのが見えたから……夏川は？　一人？」

要は気まずそうに、視線をそらしたままだ。

「私は、岬と一緒《いっしょ》だよ」

「ああ、桜井とか……」

「うん……本屋さんにいるよ？」

「ふーん……」


会話がいつもよりぎこちなかった。

「初谷君、待ってるよ。ほら、行かないと！」

柊一は通路の柱にもたれかかりながら、携帯《けいたい》をいじっているところだった。

「なんだよ、俺、邪魔《じゃま》？」

「そういうわけじゃないけど……？」

一緒にいると落ち着かない。それがなぜか、いやだった。

要がふと思い出したように、「そうだ」と口にする。

「夏川、今度の花火大会、どうする？」

「え……花火？」

「来週あるだろ？」

（あ、そういえば……）

駅前の商店街にポスターが貼《は》られていた。商店街主催《しゅさい》の花火大会で、神社の参道には屋台も並ぶ。派手なものではないが、毎年それなりに盛り上がっていて、クラスの他《ほか》の女の子たちもその話をしていた。

「要君、行くの？」

「んー……まあ、行くかな。せっかくだし」

「そっか……行くんだ」

「笹部が女子誘《さそ》えってうるさいんだけど。夏川来てくれると助かる。いやなら無理にとは言わないけどさ」

「それなら、岬を誘えばいいのに」

「他が男子ばっかりだから、桜井は気にするだろ？」

要は何気なくリップを眺めながら、気乗りしないような口調で答える。

「それもそうだね……」

「夏川が来るなら、桜井も来るかもな」

ふっと目を細めた要の口もとに微笑《びしょう》がこぼれていた。

つぼみはわずかに視線を下げる。

（岬は……要君が行くなら、行くって言うと思うよ？）

「……ん……考えとく」

「じゃ、行くなら声かけて」

立ち去ろうとした要が、一度足を止めて肩越《かたご》しに振《ふ》り返った。

「そのリップ」

「え？」

「買えば？　夏川に似合うと思うよ」

いつもの屈託《くったく》のない笑《え》みを浮《う》かべると、要は柊一のところに戻《もど》る。

二人は話をしながら向かいのＣＤショップに入っていった。

「なんで、そういうこと言うかな……」

つぼみは頰《ほお》にかかった髪《かみ》をそっと、耳にかけた。

（あの人は、岬の好きな人——）

「ありがとうございました！」

袋《ふくろ》を受け取ると、つぼみはカウンターをはなれる。

別に、要に言われたからというわけではない——。

ただ、たまには色つきのリップもいいかなと思っただけ。

袋に入れてもらったリップを、つぼみはバッグに押しこんだ。

店を出ると、本屋から戻ってきた岬がキョロキョロと通路を見まわしている。

つぼみはいつも通りの笑みを作り、歩みよった。

「みーさーき！」

ポンと背中を叩《たた》くと、岬が「わっ！」と驚《おどろ》いて振り返る。

「つぼみ！」

「なにか買った？」

「うん、メモ用紙……かわいいのがあったから」

岬ははにかみながら、本屋の紙袋を見せる。

「要君との手紙のやりとり、続いてるんだ」

「前ほどじゃないよ。それに、ほとんど部活の連絡《れんらく》みたいになってるし」

そう言いながらもうれしそうな顔をする岬に、つぼみはふっと表情を和《やわ》らげる。

「さっき、あいつ、いたよー？」

「えっ、阿久津君？」

「うん。初谷君と一緒にCDショップに入っていった。声かけてくればー？」

「ううん、いいよ。用事もないし……」

そう言いながらも気になるのか、岬の視線はCDショップに向かう。

要と柊一は試聴《しちょう》コーナーのところにいるようだった。

「いいの？」

「うん……」

「じゃあー……クレープ、食べに行く？」

「行く！」

つぼみと岬は笑いながら、並んで歩き出した。

（岬は私の大切な親友――）

chord 4
～コード4～

岬のキモチ

終業式の日のホームルームで、担任の八木先生が通知表を配る。

クラスメイトたちは、明日から夏休みということもあってテンションがいつもより高い。

「お前らー、いいか！　先生は明日からチョモランマの頂を目指すので、連絡してきても電波は届きません。警察のご厄介《やっかい》になるようなことになっても、くれぐれも学校名と、先生の電話番号は教えるんじゃないぞー。いいな⁉」

「はーい！」

誰《だれ》かが元気のいい返事をすると、笑い声が広がった。要も前の席の男子たちと雑談しながら笑っている。

（要君……か）

つぼみの言う通り、クラスの女子の大半は気楽に要のことを名前で呼んでいる。要も、そのことを特に気にしていないようだった。

（名前、呼び合えるようになったら、少しは近づけるのかな？）

岬はぼんやりしながら、メモ用紙に『要君』と名前を書いてみる。

その後に続けた言葉に自分でも猛烈《もうれつ》な恥《は》ずかしさを覚えて、急いで折りたたんだ。

メモ用紙をペンケースの中に押しこんでから、要のほうをそっと見る。

視線に気づいたように要がこちらを向いたので、岬はあわてて手もとに視線を逃《に》がす。

そんな岬の頭に、コツンとなにかが当たった。

見れば、ノートの切れ端《はし》で作った小さな紙飛行機だ。送り主は一人しかいない。

要はちょっと唇《くちびる》の端を上げると、すぐにまた男子たちとの会話に戻《もど》っていた。

開いた紙飛行機には――。

『今日、用事ある？』

岬は自分のメモ用紙を新しく取り出した。

『ないよ？　どうして？』

一度周りを見まわしてから、手を伸《の》ばして要のシャツをクイクイと引っ張った。要は前を向いたまま、後ろに手をまわして岬のメモを受け取る。

（今日って、なにかあったかな？）


「二学期の始業式にまた会おう……達者でな、お前ら」

真面目《まじめ》な顔をして言った八木先生は、「解散！」と号令をかけてさっさと教室を出ていってしまう。


クラスのみんなは待っていましたとばかりに立ち上がった。


「要ー、今日どうするー？」

男子たちが要の席に集まってきてワイワイ言い始める。

おかげで、岬は近づけず、さっきのメモのことをききそびれてしまった。

（後でいいかな……）

そう思いながら、バッグに教科書やノートをしまっていると、「桜井」と要に声をかけられた。


「今日、部活どうすんの？　自主練みたいだけど」

「今日は帰るよ。つぼみと行きたいとこあるし」

「ふーん……ああ、じゃあ、いい。後で、連絡《れんらく》するわ」

要はそう言って、男子たちと連れだってドアに向かう。

「うん……」

遅《おく》れてうなずいたけれど、要には聞こえていなかっただろう。

（みんなでどこかに行くのかな？）

席を立った拍子《ひょうし》に、机におき忘れていたペンケースが床《ゆか》に落ちた。

（あっ、わっ！）

岬は散らばったペンを拾い集めてペンケースにしまう。それをバッグに押しこんで席をはなれようとした。

「桜井さーん、なにか落としてるけど？」

そばで立ち話をしていた男子たちが、身をかがめてなにかを拾い上げる。

それは岬がペンケースに押しこんでいた書きかけのメモだった。

「わあああ――っ‼」

焦《あせ》って、岬は思わず飛びつくようにメモを取り戻そうとした。

男子たちはニヤッと笑うと、「なに、なに？」と絡《から》んでくる。

「これ見られたら、マズいもの？　なんて書いてあんの？」

「なんでもないから、返して！」

手を伸ばすと、男子はパッと腕《うで》を上げて避《よ》ける。それを別の男子にヒョイと投げた。

「もしかして、これ、要とまわしてるやつ？」

「そういえば、桜井さんって、要といっつもメモのやりとりしてるよなー」

男子たちの言葉に、岬の顔がわずかに強《こわ》ばった。

心臓が、ドクン、ドクンと鳴りだして、汗《あせ》ばんだ手でスカートをつかむ。

「えっ、やっぱり、付き合ってるってウワサ、本当？」

男子の一人が言うと、周りにいた女子まで「えーっ、ウソーっ！」と話に加わってきた。

「そんなわけないよ……」

ちゃんと誤解を解かないと。そう思うのに、口から出たのは情けないほど小さな声だった。

「顔、真っ赤になってる！」

立《た》ち尽《つ》くしている岬の顔を見て、男子たちが笑い出す。

中学の時、男子たちにからかわれたことがいやでも思い出されて、岬は涙《なみだ》ぐみそうになった。

泣いたら、きっと余計に笑われる。我慢《がまん》しないと――。

グッと顔を上げると、岬は男子を睨《にら》みつけた。


「それ、お願いだから返して！」

「なに書いてあるんだ？」

集まってきた男子たちが、手紙を開いてみようとする。

(あんなの見られたら……)

「やめて!!　勝手に見ないで」

岬は青ざめて、思わず叫《さけ》んでいた。

「要君、好き〜とか書いてあんじゃね?」

「違《ちが》う!!」

張り上げた声が、教室中に響《ひび》く。

「私は阿久津君と付き合ってないし、好きでもない!!　ただ、クラスも一年のころから同じで、部活も同じだから話すだけだよ。その手紙だって、部活のこと書いてるだけで……私が好きとか、勘違《かんちが》いされるの迷惑《めいわく》だからやめて!!」

こんな風に茶化《ちゃか》されて、要に気持ちを知られるのだけは絶対にイヤだ。

冷やかされれば、要も不愉快《ふゆかい》になるだろう。

まして、これは岬の一方的な片想《かたおも》いだ——。

「男子なんて、きらい……みんな、大きらい!!!」

大きな声で吐《は》き捨てると、水を打ったように教室が静まりかえる。

その沈黙《ちんもく》を破ったのは、カラッというドアの開く音だった。

「あ……要君……」

ドアの近くにいた女子の声に、岬はハッとする。

全員の視線がドアのほうに向けられた。

要は黙《だま》ったまま、教室を見まわし、最後に岬で視線を止める。

岬は息を呑《の》んで、胸に当てた手を握《にぎ》りしめた。

(今の話……)


「……なにしてんの？」

要が静かに尋《たず》ねたけれど、誰《だれ》もが戸惑《とまど》うような視線を交《か》わすばかりだ。

ようやく、男子の一人が「いや、別に……」と、ごまかすように答える。

教室に入ってきた要は、集まっている男子たちのところに真っ直《す》ぐ向かい、その手からメモをひったくるようにとる。

それを手にクルッと身をひるがえし、そのまま引き返した。

ピシャリとドアが閉まった後も、教室にはひどく気まずい空気が漂《ただよ》っていた。

(怒《おこ》ってるんだ……さっきの話、やっぱり聞いてたから)

「阿久津君……待って……待って!!」

岬は要の後を追い、教室を飛び出した。

廊下《ろうか》に出ると、遠ざかるその背中に向かって、「阿久津君!」と呼びかける。

「さっきのは……」

追いついて隣《となり》に並ぶと、要がようやく立ち止まって先ほどのメモを岬に押しつける。

メモ用紙は四つ折りのままで、開いた様子はなかった。

「桜井さ、俺に話しかけられんの……本当は、ずっと迷惑だって思ってた?」

「そんなことないよ!!」

岬は大きく首を横に振《ふ》る。要は目を合わせてくれず、険しい表情のままだった。

「いいって、いやならいやだって正直に言えよ。もう、話しかけたりしないから……」

突《つ》き放すような冷たい言い方をすると、要は足早に立ち去ってしまう。

追いかけたいのに、追いかけなければいけないのに、岬の足はその場にはりついて動かない。

(きらいじゃないよ……)

要に話しかけられることがうれしかった。迷惑だと思ったことなんて一度もない。

(違うんだよ、ねぇ、待って……聞いてよ)

要の姿が遠ざかっていくのを、岬は涙ぐんだ目で見つめていた。

（お願いだから、ちゃんと聞いて……）

（私は、阿久津君が……）

手の中のメモがクシャッと丸まった。

呼べない名前。

言えない気持ち。

すれ違う言葉にちょっとだけの、後悔《こうかい》──。

ほんの少しの勇気がなくて、大事なことは、伝えられないまま。

胸にたまって……涙が、こぼれそうだった。

泣き顔なんて誰にも見られたくなくて、岬は階段を駆《か》け上がり屋上に出る。

他《ほか》に生徒の姿はなく、この場にいるのは岬一人だ。
ドアを閉めると、その場にストンと腰《こし》を下ろす。
（どうしよう……どうしよう）
『私が好きとか、勘違いされるの迷惑だからやめて!!』
（私、阿久津君にひどいこと言った……）
からかわれるのが嫌《いや》で、咄嗟《とっさ》に出た言葉。
その言葉が、自分の胸に深く突《つ》き刺《さ》さる。
（好きじゃないなんて、ウソなのに――）
要もきっといやな気持ちになっただろう。きらわれたかもしれない。
（ううん、きっときらわれたよ……うんざりされた）
『もう、話しかけたりしないから……』

要の言葉を思い出すと、目頭《めがしら》に熱が溜《た》まっていく。
ポタポタこぼれてきた涙《なみだ》が、手の甲《こう》の上で弾《はじ》けた。その手で岬はスカートをつかむ。
あんな風に要に突き放されたのは初めてだった。話も聞いてくれなかった。
それだけ、怒っていたということだ。

(本当に、もう話しかけてくれないかもしれない……)

誤解を解きたい。好きじゃないなんて本心じゃないと言いたい。
本当は――。

胸がしめつけられて、岬は口もとを手でおおった。
視界はあふれてくる涙のせいでぼやけてしまい、なにもかもかすんで見える。

(本当は……違《ちが》うんだよ……)

いつまで、この気持ちをとじこめておけばいいのだろう?
隠《かく》せないのはわかっているのに。

もう、ウソは吐《つ》きたくない。

ギュッと目をつぶると、大粒《おおつぶ》の雫《しずく》が頬《ほお》を伝う。

『――告白しないの？』


つぼみの声が耳の奥で聞こえる。

もし、受け入れてもらえなかったら？

そんなつもりじゃなかったと言われたら？

（きっと、言われるよ……阿久津君、私の気持ちには気づいてないし、いきなり告白なんてしたらびっくりする。困った顔をされるに決まってるよ）


でも、言わなければ要は誤解したままだろう。

それはいやだった。要にはちゃんと本当の気持ちを知っていてほしい――。

ダメだったとしても、この気持ちがなくなってしまうわけではない。

なにかを失ってしまうわけではない。

(最初に戻《もど》るだけなんだから……)

岬は涙を拭《ぬぐ》って立ち上がる。

「よしっ！」

気合いを入れるように自分の頬をパチンと叩《たた》くと、広く澄《す》んだ空を、まだほんの少し潤《うる》んでいる瞳《ひとみ》で見上げた。

思い切り泣いた。

心のチューニングもした。

ここから、また『リスタート』する――。

つぼみのキモチ

「じゃあね、つぼみ」

「うん、またね！」

廊下《ろうか》で他のクラスの女子と話をしていたつぼみは、手を振《ふ》って別れる。

(明日から夏休みだし、音楽準備室の私物、片付けておかないと……)

足の向きを変えて歩き出そうとした時、「待って!!」と岬のひどく焦《あせ》った声が聞こえてきた。

振り返ると、教室から出てきた岬が要を追いかけていくところだった。

(二人はいつも一緒《いっしょ》だなぁ……)

見慣れた光景なのに、胸が急にズキッとする。

(あれ、なんだろう……今の……)

最近、自分が少し変。ずっと落ち着かなくて、ソワソワしている。

歩きながら、つぼみは熱を帯びていく頰に手をやった。

「風邪《かぜ》……かなぁ?」


保健室に行くと、先生はちょうど職員会議に出ていて不在だった。

他には誰《だれ》もいなくて、窓から入りこんだ風がカーテンをふわりと浮《う》かせている。

机の上におかれていた体温計を借りて、つぼみはベッドにストンと腰をかけた。

測ってみると、三十六度二分。

「あれ、おかしいなぁ、平熱だ……」

額に手を当ててみる。

(なんだか熱っぽい気がするのに)

やっぱり、最近、変だ。

つぼみはそのまま、ポテッとベッドに横たわった。

『夏川こそどーなわけ？　好きなやつとかいなかったの？』

『……恋愛《れんあい》、したくなんないの？』

(なんで、今、思い出すの……？)

つぼみは、ギュッとシーツを握《にぎ》りしめる。

さっきの二人、どこか様子がおかしかった。

要は岬をおき去りにしてさっさと行ってしまうし、岬もうつむいていた。

(なにかあったのかも……)

岬は気落ちしているようだった。声をかければよかっただろうか？

メッセージの着信を知らせる音が、スカートのポケットから聞こえる。

携帯《けいたい》を取り出し、横になったまま確かめてみれば、岬からではなく要からのものだった。

『花火大会、夏川、どうする？』

そう書かれているのを見て、まだ返事をしていなかったことを思い出した。

花火大会は今日だったはずだ。

『岬、誘《さそ》ってみた？』

返信すると、間があってからメッセージが返ってきた。

『いや、まだ。多分、俺誘っても来ないって言うと思う。夏川、誘ってみて』

すぐ後に、『おねがい！』のスタンプが押される。

つぼみは迷ってから、『OK』のスタンプを押す。

メッセージのやりとりは、要の『ありがとう！』のスタンプで終わった。


「どうしたんだろ……？」

岬にメッセージを送ろうとしたが、途中《とちゅう》で手が止まる。

(直接きいたほうがいいよね……)

そう思い直し、つぼみは身を起こしてベッドから下りた。

体温計を机に戻すと、保健室を後にする。

✻ ✻ ♬ ✻ ✻

つぼみは昇降口《しょうこうぐち》で岬と待ち合わせ、一緒に校舎を出た。

岬はいつもより口数が少なく、どこかぼんやりしているように見えた。

やっぱり、いつもの元気がない。

「今日、あいつとなにかあったの？」

正門を出たところで思い切って尋《たず》ねてみると、地面ばかり見つめていた岬が、「え？」と顔を上げる。

「廊下で、要君を追いかけていくのが見えたから」

「あー、ちょっとケンカしちゃって……」

岬は頭の後ろに手をやりながら、ぎこちなく笑《え》みを作った。

「岬が要君とケンカって、珍《めずら》しいね」

「そう……かな？」

「うん、いつも仲いいから。どうしたの？　部活のこと？」

つぼみがきくと、岬はためらってから口を開いた。

「阿久津君に誤解されるようなこと言っちゃって……それで、ケンカになったの。でも、このままじゃダメだから、ちゃんと話したい」

真っ直《す》ぐ前を見つめて答える岬に、つぼみは「そっか」と視線を下げた。

（岬はすごいね……）

いつも、自分の気持ちとちゃんと向き合って、答えを出して、前に進もうとする。

「言葉って、難しいよね」

つぼみは、ポツリとこぼす。

伝えたいことはたくさんあるのに。

言葉にしようとするとうまくいかなくて、誤解されて、すれ違《ちが》って——。

「テレパシーみたいに、考えてることが相手に伝われば楽なのに！」

岬が空を見上げ、もどかしそうな声を上げる。

「それじゃあ、大変だよー？　変なこと考えてるのまで、相手に伝わっちゃうし。あー、バケツいっぱいのプリンが食べたーい、とかね」

「私もフカフカのシュークリームをベッドがわりにして寝《ね》たいって、思ったことある！」

「そんなの間違って伝わったら、要君は一日中笑ってるよ」

「伝えたいことだけ、伝わってくれたらいいのに」

（本当、そうだね……）

つぼみは岬と目配せし合って、二人して笑う。


「男子ってさー、女子よりイベント好きだよね～」

「えー、そうだっけ？」

「そういえば、今日の花火大会、要君も行くって言ってたし、見てきなよー」

軽い口調で言って、つぼみは岬の背中をポンと叩《たた》いた。

「うん!! がんばる」

岬はグッと拳《こぶし》を握ってうなずく。それから「つぼみは？」ときいてきた。

「花火大会、どうするの？」

「私は……いいや」

胸に小さな痛みを覚えて、つぼみは伏《ふ》し目がちに足もとを見る。

（行けないよ……）


「ほら、明日から夏休みでしょ？　ラジオ体操に備えて、今日は早く寝るつもりなので」

岬のほうをクルッと向くと、いつものように笑みを作る。

「ええっ、つぼみ、ラジオ体操出てるの!?」

「町内会の会長さんに頼《たの》まれて、判子押し当番しなきゃいけなくなっちゃったんだよねー。その後、盆踊《ぼんおど》りの練習もあるし」

「大変だね」

「ホント、そうだよー。お父さんも簡単に引き受けてこないでほしいよね。そのくせ、娘《むすめ》に押しつけるんだから。岬も一緒《いっしょ》にやる？」

「私はいいよ！　朝、早く起きられないし」

オタオタしながら手を振《ふ》る岬を見て、つぼみはクスッと笑った。

「私は行けないけど……岬はちゃんと要君と仲直りしてきなよ」

「うん……」

「カワイイ格好するんだよ。せっかくの花火大会なんだし。ジャージと、サンダルとかで行っちゃダメなんだからね」

「それじゃあ、八木ちゃんじゃん！　いくらなんでも、そんな格好で行かないよ」

つぼみは、「アハハハッ」と声を立てて笑った。

担任の八木先生は体育を担当している。だから、年がら年中ジャージ姿で、ゴムサンダルという格好だった。それが、すっかりトレードマークみたいになっている。

「ほんとうかなー。岬は時々うっかりするから心配だよー」

「今日は大丈夫《だいじょうぶ》！　気合い入れていくから」

グッと顔を上げて答えた岬に、つぼみは一歩歩みよった。

「浴衣《ゆかた》とか、着ちゃえば？」

「浴衣⁉」

「持ってるでしょ？　岬も」

中学の時に、一緒に買いに行ったことがある。

二人で夏祭りに行く予定だったけれど、岬が熱を出したため結局行けなかった。

「こんな時に着ないでどうするのー？　要君たちもきっと、着替《きが》えて行くよー？」

つぼみがそう言うと、岬は迷うような表情を浮《う》かべる。

「そう……しよっかな」

「そうしなよ。大丈夫。岬ならきっとうまくいくから」

そう言いながらつぼみは岬の腕《うで》に、自分の腕をからめた。

「つぼみ。あのさ……」

「んー？」

「ありがと！」

気恥《きは》ずかしそうに笑った岬に、つぼみは「うん」と目を細める。

まだ、本当の自分の気持ちに、気づかないまま――。

chord 5
~コード5~

要のキモチ

『岬、行くって』

つぼみから送られてきたメッセージは、そこで途切《とぎ》れたままだ。

クラスの男子たちと花火見物に来ていた要は、新着のメッセージがないのを確かめてから辺りを見まわす。

神社の細い参道には、縁日《えんにち》の屋台が並び、見物客でにぎわい始めていた。

日も落ちてきたから、提灯《ちょうちん》にも明かりが灯《とも》る。

（やっぱり、連絡《れんらく》したほうがいいよな？）

この人混《ひとご》みでは、人一人を見つけるのは難しそうだった。

『桜……』

泣きそうな顔をしていた岬のことを思い出すと、文字を打ちこもうとした手が途中で止まる。

学校の廊下《ろうか》で呼び止められた時、岬はなにか言いかけていた。

それなのに、突《つ》き放すみたいな態度をとって立ち去ってしまった。
岬は男子にからかわれて、誤解されたくなかっただけだ。
冷静に考えてみれば、それくらいわかることなのに。
「なにやってんだ、俺……」
自分にイラ立ち、要は思い切って岬に電話をかけてみる。
けれど、呼び出し音が鳴り続けるだけで、出る気配はなかった。
フッと息を吐《は》いてから、電話を切る。
(さがすって言っても、どこをさがせばいいんだよ?)

「女子だ……女子がいっぱいいる。浴衣女子が!」
焼きトウモロコシと綿アメを手にした貢が、キョロキョロと辺りを見まわしている。
『美男子《イケメン》』と背中に堂々と書かれた甚平《じんべい》が、人混みの中でもやけに目立っていた。
そんな貢のはしゃぐ声を聞きながら、要はもう一度、携帯《けいたい》に視線を向ける。
こんなことなら、最初から誘《さそ》っておけばよかった。
ちゃんと時間と場所を決めて、待ち合わせして、屋台まわって、花火を見て——。

（ああ、でも、それじゃデートか……）

別に付き合っているわけではない。部活が遅《おそ》くなった時には一緒《いっしょ》に帰ることもあるし、ファミレスで雨宿りしながら無駄《むだ》話をすることだってある。

テスト期間中は図書室で一緒に勉強したりもした。

高校に入ってから、一緒にいる時間が誰《だれ》よりも多くなって、気づけばいつの間にか、そばにいるのが当たり前のようになっていた。

「からかわれて、当たり前か」

要はポツリとつぶやいた。岬はからかわれたりするのがきらいなのに。

メモを渡《わた》したのだって、要のほうからだった。

（俺が逆ギレしてどうすんだよ……）

あきれながら、わずらわしい前髪《まえがみ》をかき上げる。

（やっぱり、ちゃんと謝らないとダメだよな……）

そう思い直してメッセージを送ろうとすると、ちょうど着信音が鳴る。

焦《あせ》って出ようとしたが、ディスプレイに表示されているのは岬の名前ではなかった。

（柊一……？）

柊一も一緒に花火見物に来ていたのに姿が見えない。

電話に出ると、雑踏《ざっとう》の中にいるのか騒々《そうぞう》しい声が聞こえてきた。おかげで柊一の声が聞き取りにくい。

『桜井さん……さっきいたんだけど……』

「えっ、桜井？　どこに⁉」

要は思わず声を大きくして、携帯を耳に押し当てた。

『……変な連中に絡《から》まれてた。今、さがしてんだけど、見つからない』

（……絡まれてた？）

「お前、今、どこ⁉」

『二つ目の鳥居のところ』

要は携帯を握《にぎ》りしめたまま、人を押しのけるようにして駆《か》け出していた。

岬のキモチ

（もうすぐ、花火、始まっちゃうのに……）

岬は神社の石段に腰《こし》をかけたまま、途方に暮れたように空を見上げる。

勇気を振《ふ》り絞《しぼ》ってここまで来てみたけれど、酔《よ》っ払《ぱら》った大学生らしき人たちには絡まれるし、かき氷のシロップをかけられて浴衣《ゆかた》に青いシミはできるし、その上、慣れない草履《ぞうり》のせいで足も痛い。

（阿久津君に、連絡とってみる？　でも、他《ほか》の男子と一緒に楽しんでるのに、私がいることがわかっても、来てくれないかも……）

約束しているわけではない。ただ、偶然《ぐうぜん》でも会えるかもしれないと少し期待しただけだ。

「やっぱり、ダメ……なのかなぁ……」

そんな気弱なつぶやきが口からもれた。

両手で浴衣をつかみながらうつむいていると、横を浴衣姿の女の子たちが和気藹々《わきあいあい》と通りすぎていく。その声につられて、岬はお社《やしろ》のほうを振り返った。

そういえば、クラスの子たちも恋愛成就《れんあいじょうじゅ》で有名な神社だと話していた。

いつまでも、こんなところに座り込んでいても仕方ない。

（阿久津君に会いたい……）

会えたら、もう一歩だけ踏《ふ》み出そう。

そう心に決めて、岬は立ち上がった。

これがもし、見こみのない恋《こい》だったとしても――。

（あきらめたくない）

今日が花火大会だからか、お守りやお札を渡す授与所《じゅよしょ》の建物もまだ開いていて、巫女《みこ》姿の女性が座っていた。

せっかくだからとのぞいてみると、木箱には交通安全や学業成就といった色々なお守りが綺《き》麗《れい》に並べられている。その中から、岬は『恋守り』と刺繡《ししゅう》されたお守り袋《ぶくろ》を手にとった。

藍色《あいいろ》の袋で、天の川と星が刺繡されている。裏にはかわいい織《お》り姫《ひめ》と彦星《ひこぼし》のキャラクターが刺繡してあった。

「七夕……かぁ」

七月限定のお守りらしい。

空に目をやると、お守りと同じ藍色にそまった空に、星が点々と瞬《またた》いている。

（神様……どうか、会えますように……）

願かけのつもりで「これにします」とお守りを選び、紙袋に入れてもらう。それを受け取って戻《もど》ろうとすると――。

「桜井！」

不意に聞こえた声に、岬の胸がドクンッと鳴った。

振り返ると、要が鳥居をくぐってこちらに駆け寄ってくる。

（ウソ……本当に？）

願かけしたばかりだ。それなのに、本当に――要が来てくれた。

手がクシャッと紙袋を握りしめる。

(本当に……阿久津君と会えた……)

信じられなくて見つめていると、要は額に手をあてて息を整える。

走ってきたのか、うっすらとその額が汗《あせ》ばんでいた。


「阿久津……君？」

恐《おそ》る恐る呼びかけると、要が胸にたまった息を思い切り吐《は》き出してからバッと顔を上げる。

「桜井、携帯、見てないだろ！」

「えっ、携帯⁉」

岬はあたふたしながら巾着《きんちゃく》の紐《ひも》を解き、携帯を取り出した。

確かめてみれば、新着メッセージがディスプレイに表示されている。

(あっ、阿久津君からのメッセージ、入ってたんだ！)

どうして気づかなかったのだろう。電話もかかっていたのに。

「桜井が変なのに絡まれてたって柊一が言うから……さがしても全然見つからないし、連絡《れんらく》もつかないし！」

「ごめん、まさか、連絡してくれてると思わなくて」

「……いやなこととか、されてないよな？」

ジッと見つめられて、「されてないよ！」とプルプルと首を横に振る。

「大丈夫《だいじょうぶ》。すぐに逃《に》げたし……阿久津……君？」

うなだれてしまった要の顔を、岬は戸惑《とまど》い気味にのぞきこむ。

「もしかして……心配、してくれた？」

「当たり前だろ！」

顔を上げた要に強く言われて、岬はビクッとする。

「桜井、危なっかしいし……なんで、来るなら来るって連絡しないんだよ！」

「ご、ごめんね、本当にごめん！」

岬はオタオタしながら謝る。

学校であんな風に怒《おこ》らせたから、要が心配してさがしにきてくれるなんて思わなかったのだ。

要がかけつけてきてくれた時、本当に、信じられなかった。

胸に温かな熱が宿って、ゆっくり広がっていく。

心配をかけたのに、こんな風に思ってはいけないのだろう。でも——うれしい。

少しでも気にかけてくれていたことが。

もう、話しかけてくれないかもしれないと思っていたから。

「ありがとう、阿久津君」

岬は頰《ほお》をほんのり赤くしながら、顔をほころばせる。

そんな岬に、要は軽く目をみはってからフイッと不自然に顔を背《そむ》けた。

「一応……柊一に連絡しとく。桜井、見つかったって……」

「あ、うん……」


要は岬に背を向けながら、柊一と何度かやりとりする。

その後ろ姿を、岬は見つめていた。

要はどう思っているのだろう？

かけつけてきてくれたのは、ただ心配したから？

（それだけ？　阿久津君は私のこと……どう思ってる？）

ききたい——。

要が携帯《けいたい》をしまい、ようやく岬のほうを向く。

「花火、まだみたいだし……夜店とかのぞいてみる？」

「あっ、でも、阿久津君はみんなと一緒《いっしょ》じゃ……」

「桜井と見るって言っておいたから、大丈夫」

要が歩き出したので、岬は急ぎ足でその後を追いかけた。

「私のことならいいよ。勝手に来ちゃったんだし」

隣《となり》に並んで言うと、要は足を止めて岬を見る。

「桜井は、俺と一緒じゃいや？」

「いやじゃないよ！　でも……」

いやではない。むしろ、うれしすぎて困るくらいだ。

顔が熱くなってきて、岬は視線を足もとに逃がす。

参道を照らす提灯《ちょうちん》の明かりが、境内《けいだい》にまで伸《の》びている。

にぎやかな声と、スピーカーから流れてくる祭り囃子《ばやし》がここまで聞こえてきた。


「でも……？」

ゆっくり視線を上げると、要は真っ直《す》ぐにこちらを見ている。

ためらっていると、要が口を開いた。

「桜井の思ってること言ってよ。ちゃんと聞くから……知りたいんだよ」

「私は……」

（一緒にいたいよ……）

その一言が声に出せないまま、体の熱だけが上がっていく。

岬は汗ばんできた手をひそかに握《にぎ》りしめた。

「リ、リンゴ飴《あめ》……食べたい！」

意を決して口を開いたのに、飛び出したのはそんな言葉だった。

（私、なに言ってるの――っ！）

要もポカンとしている。

「あっ、ち、違《ちが》う……リンゴ飴は好きだけど、食べたいんだけど、でも、そうじゃなくて‼」

要と一緒に夜店をまわりたいと、遠まわしに伝えようとしたのに。

（これじゃ、ただの食いしん坊《ぼう》だよ！）

岬がワタワタしていると、要が「……っ！」と口もとに手を運ぶ。

「阿久津……君？」

「桜井………おかし………‼」

堪《こら》えきれなくなったように、要は肩《かた》を小刻みに揺《ゆ》らしながら笑い出す。

「笑いすぎだよ、阿久津君！」

「そんなに食いたかったんだ。リンゴ飴」

そう言いながら、要は笑い続けている。呼吸まで苦しそうだ。

「……違うんだってば」

恥《は》ずかしくて、岬は声を小さくした。

要は軽く咳《せ》きこんでから、ハァと息を吐く。それから、前屈《まえかが》みになっていた体を戻《もど》した。

その目はまだ笑っている。

「じゃ、行くか。桜井のリンゴ飴、買いに」

岬は要の言葉に笑顔《えがお》になると、「うん」とうなずいた。

頬が、赤くなっていく……。

せっかくの花火大会。

せっかくの夏祭り。

今なら、いつもよりも少しだけ、勇気が出せるような気がした。

花火の始まる時間が迫《せま》るにつれ、人も多くなっていく。

岬は混雑を避《さ》けて、夜店からはなれた街灯のそばのベンチに座っていた。

そのうちに要が戻ってきて、手に持っていた二本のリンゴ飴のうち、一本を「はい」と差し出した。

「ありがとう」

岬はお礼を言って受け取る。透明《とうめい》な袋《ふくろ》につつまれたリンゴ飴は、真っ赤でツヤツヤしている。

さっそく袋を外していると、要が隣にストンと腰《こし》を下ろした。

「あのさ、桜井」

振《ふ》り向くと、要は自分のリンゴ飴の棒をクルクルとまわして思案している。それをピタッと止めると、こちらに顔を向けた。

目が合って一瞬《いっしゅん》ドキッとする。要の表情は真剣《しんけん》だった。

「今日のこと……ごめん」

「え？」

「あんな風に言うつもりなかったっていうか……言いすぎた」

　声のトーンを落として、要は正面に顔を戻した。

「悪かったって、それ、言いたくて」

「それは、私のほうだよ」

　岬はあわててそう答えた。

「私も阿久津君にちゃんと今日のこと、謝らないといけないと思ってた」

　言わないといけないとわかっていたのに、要を前にするとなかなか言えなくて――。

　要が先に言ってくれなければ、きっとまだためらっていただろう。

「桜井は別に悪くないだろ？　からかわれたの、俺が桜井にメモとか渡《わた》したからだし」

　要はちょっと苦笑いする。

「今度から考えないとな。あんまり渡さないほうが……」

「……だよ……」

「え？」

「やだよ!!」

　声を大きくすると、岬はうつむいた。

　入学した時から、ずっと続いている要とのメモのやりとり。

　それは、自分にとって大切なつながりだ。

「桜井、からかわれんのきらいだろ？　誤解されることもあるし。俺は……別に気にしないけど」

「いいよ。別にいい。からかわれても、誤解されても……」

要は戸惑《とまど》いの表情を浮《う》かべながらも、目をそらさないで話を聞いてくれる。

胸の鼓動《こどう》が速くなっていくのがわかる。

（やめたくない……これって、身勝手かな？）

「阿久津君は、迷惑《めいわく》……？」

「そんなこと……ないけど……」

そう要が答えると、二人のあいだに沈黙《ちんもく》が落ちた。

「ほんと、いいの？　誤解されても」

要は軽く息を吐《は》くと、もう一度、確かめるようにきく。

「うん、いいよ」

そんなことは気にしない。

それよりも、要との大切なつながりが途切《とぎ》れてしまうほうがずっといやだ。

「じゃあ、俺……桜井にきらわれてないんだよな？」

真顔できかれて、岬の心臓がトクンと鳴った。

「……きらって……ないよ」

「本当？」

「本当に……本当！」

顔がジンワリ熱くて、額に手の甲《こう》を当てる。要の目が真っ直《す》ぐ見られなかった。

少しだけ黙《だま》ってから、要がふっと肩の力を抜《ぬ》いた。

「なんだ、そっか。よかった……」

「きらったりなんてしないよ！　絶対……」

岬は赤い顔をしながら、「しない」と声を小さくする。

「だって、俺、桜井に好きじゃない宣言されたし。勘違《かんちが》いされるの迷惑とか言われたら、誰《だれ》だってそう思うだろ？」

「あれは、だから……冷やかされて、変なウワサとか立てられても困ると思って!!」

「じゃあ、本気じゃなかったんだ？」

要の瞳《ひとみ》が楽しそうにきらめく。

（本気なんかじゃないよ……だって、私は……）

言葉に詰《つ》まって、岬はギュッと目をつぶった。そのうち、空に音が響《ひび》く。

目を開くと、明るくなった空が映る。音が消えるとほとんど同時に、また薄闇《うすやみ》に変わった。

にぎやかな歓声《かんせい》がここまで届いてくる。

「あっ、花火始まった」

要は立ち上がると、岬に手を差し出す。

「ほら、行くぞ。桜井」

そう言って、要は笑った。

胸が、花火の音と一緒《いっしょ》に弾《はじ》けそうな気がする。

ためらいがちに伸《の》ばした手を要が握《にぎ》る。

そのまま引っ張られて、岬は人混《ひとご》みの中を歩き出した。

(だって、私はこんなに……)

熱を帯びた手で、ためらうように要の手を握り返した——。

狭《せま》い参道で、他《ほか》の人たちもみんな足を止めて空に見入っている。

花火が上がるたびに、周りから歓声が上がっていた。


岬が食べかけのリンゴ飴《あめ》を唇《くちびる》に押し当てたままぼんやりしていると、急に要が立ち止まる。

そのせいで、背中にポンッとぶつかった。

軽くよろけて後ろに下がると、要が振《ふ》り返る。

「それ……」

「え？」

「浴衣《ゆかた》、似合ってんじゃん」

要がそう言って気恥《きは》ずかしそうに笑う。そんなたった一言がうれしくて、浮《う》かれたようになっている。

岬は「えへへ……」と照れ隠《かく》しに笑ってから、要の横顔を見つめた。

目が離《はな》せなくなって、唇《くちびる》をキュッと引き結ぶ。

また一つ、金色の大きな花火が上がって夜空を彩《いろど》り、要は「おっ、また上がった」と楽しそうにつぶやいた。

トク、トク、トクと胸の鼓動が鳴り続けている。

それが少しずつ速くなるのを感じて、岬は胸に手をやる。

そのまま、浴衣の衿《えり》をつかんだ。

『桜井の思ってること、言ってよ』

要の言葉を思い出して、ゆっくり下を向いた。

（そんなこと、決まってるよ……）

願うことは、たった一つだけだ——。

（ああ、神様。お願いです。一つだけ願いを叶《かな》えて……）

岬は潤《うる》んだ瞳を空に向ける。

届いてほしい。

「ねえ……要君」

初めて口にした名前がかすかに震《ふる》えた。

けれど、その声は小さすぎて、要には聞こえなかったようだ。

「要君……」

もう一度だけ、呼んでみる。

「好きです！」

立て続けに鳴り響いた音と、空一面に広がった鮮《あざ》やかな花火に、辺りがパッと明るくなった。

要の横顔も、くっきり照らされる。

「今の、スッゲーでっかかったな！」

瞳を輝《かがや》かせながら、要が振り返った。

「ん、どうした？」

見つめていた岬は、ハッとしてあわてて空に視線を戻《もど》す。

「ううん、なんでもない……」

首まで熱くて、ドクドクと脈打っているのがわかった。

「……花火、綺麗《きれい》だね！」

ごまかすように言うと、要は「そうだな」と目を細めていた。

岬は目頭《めがしら》に熱が溜《た》まっていくのを感じて、空を見上げる。

そうしていないと、にじんだ涙《なみだ》がこぼれてしまいそうで——。

(君が好き——……)

言えなくなった言葉を呑《の》みこんで、要に笑いかけた。

伝えられなかった気持ちと、鳴り続ける花火の音。

熱気と、少し湿《しめ》り気を帯びた夏の夜風。

要と一緒にいたこの日のことは、忘れない。

きっと、忘れられない——。

つぼみのキモチ

（あ……花火、始まった）

自分の部屋にいたつぼみは、かすかに聞こえてきた音につられて窓のほうを見る。

外はもう暗くなっていて、月があわい光を放っている。

ベッドに腰《こし》かけたまま、つぼみは手にしていた携帯《けいたい》に目をやった。

（……岬、要君と会えたかな？）

一時間くらい前、『行ってくるね！』とメッセージが入っていたのに、まだなにも返せていなかった。

がんばれ——。

ただ一言、そう返せばいいだけなのに。

つぼみは自分の膝《ひざ》を抱《だ》きよせる。

(岬のほうがかわいいの……知ってるよ)
岬がどれだけ要が好きで、一生懸命《いっしょうけんめい》だったのかも。
それをずっと、そばで見てきた。
アドバイスもした。
岬は中学の時からの大切な友達で、親友。
岬の初めての恋《こい》が実ってほしいと思った気持ちに、ウソはなかった。
なかったはずなのに――。

携帯の着信音にハッとする。確かめてみれば、要からだった。

『花火、綺麗だから、夏川も来ればいいのに』

打ち上げ花火の写真が、メッセージと一緒《いっしょ》に入っている。
つぼみは携帯を握《にぎ》りしめ、顔を伏《ふ》せた。

(岬は……もう、告白した?)
もしそうなら、要はなんて返事をしたのだろう。

初めて自分の気持ちに気づいた。

これが『恋』だって——。

ずっと前から、もうこの気持ちは『恋』だった。

胸が痛いのはそのせい。仲のいい二人を見るのが辛《つら》いのもそのせい。

岬を応援《おうえん》できなくなったのも……。


『そのリップ……買えば？　夏川に似合うと思うよ』


そう言われた時のことが頭をよぎって、無意識に唇《くちびる》に手をやる。

指でなぞられた時の感覚と熱が、まだ残っているような気がした。

あの時から、本当はわかっていたのかもしれない。

それとも、もっと前から？

要が吹奏楽部《すいそうがく》に誘《さそ》ってくれた時から？

中学の時の文化祭で、楽しそうに演奏をしている姿を、体育館の隅《すみ》っこで岬と一緒に見ていた時から？

考えても、いつからなんてわからなかった。

でも、その気持ちはこの胸にあった。

気づいたら、芽吹《めぶ》いていた小さな恋心。

ただ、自分のことがわからなかっただけ。

自分の気持ちには鈍感《どんかん》で、岬のことばかり応援していた。

「なんで、もっと早く、気づかなかったんだろう」

花火の写真を見つめながら、小さな声でつぶやく。

気づいていたら……。

気づいていたら？

岬よりも先に告白してた？

告白しても、うまくいくとは限らないのに。

要がどう思っているのかわからないのに。

つぼみは顔を上げ、ベッドから降りる。

パーカーと短パンの家着のまま、携帯だけを握りしめて部屋を飛び出した。

階段を駆《か》け下りて玄関《げんかん》に向かうと、リビングのドアが開いて母が顔を出す。

「つぼみ、もうすぐ夕飯の時間よ」

「ごめん、ちょっと大事な用事。行ってくるっ！」

サンダルに足を突《つ》っこむと、玄関を出た。

立て続けに上がる花火の音が、暗い夜空に響《ひび》いている。

つぼみは二人がいるはずの神社に向かって、走り出していた。

（要君の気持ちが知りたい……遅《おそ》かったけど、確かめたい！）

『夏川こそどーなわけ？　好きなやつとかいなかったの？』

あの時、もし、自分の気持ちに気づいていたら。

どう、答えていたのだろう？

神社の参道に到着《とうちゃく》すると、つぼみは息を弾《はず》ませながら辺りを見まわす。

（岬……要君……）

空には次々と花火が上がり、そのたびに周りの人たちが足を止めて感動したように声を上げていた。そのせいで、なかなか前に進めない。

「すみません！　ごめんなさい！」

断りながら、つぼみは人のあいだをぬうようにして岬と要の姿をさがす。

屋台の並んでいる参道を進んで神社の石段の近くまで来た時だ。

浴衣姿の岬と要の姿をようやく見つけて立ち止まる。

携帯をかざしながら花火の写真を撮《と》っている要を、岬が見つめていた。

要が振《ふ》り向いてなにか言うと、岬ははにかむように笑う。

（ああ、そっか……）

つぼみはゆっくり、二人に背を向けた。

花火の音が途絶《とだ》えることなく聞こえる中、急ぎ足でその場をはなれる。

逃《に》げ出すみたいに——。

（岬、告白したんだ）

あの様子なら、要はOKしたのだろう。

並んでいる二人は、誰《だれ》がどう見ても付き合っているようにしか見えなかった。

（やっぱり、遅すぎたんだ……）

『恋愛《れんあい》、したくなんないの？』

耳に残る要の声に胸がしめつけられて、ギュッと目をつぶる。

もっと、早く自分の気持ちに気づいて、がんばればよかった。

もっと早く、『好きだ』と伝えればよかった。

後悔《こうかい》しても、遅いのに――。

（なんで、私……来ちゃったんだろう）

岬が告白するのを止めるため？

そんなことできるはずがない。今まで応援してきたのに。

それとも、二人がどうなったのか確かめるため？

うまくいった二人を見て、辛くて逃げ出したくせに……。

人気《ひとけ》のない神社の裏手まで行くと、つぼみは木の幹に背中を預ける。

ここに来るまで、『うまくいかないで』なんて願っていた。

親友なのに、岬のほうが先に好きになったのに。

こんな感情、気づくんじゃなかった。

気づかなかったら、今までと同じように三人で楽しくいられた。

岬とも、ずっと大切な親友のままでいられた。


どうして、好きになったのが、大切な親友の好きな人なんだろう？

どうして、別の人じゃなかったんだろう？

岬の恋《こい》がうまくいってほしかった。

なんのわだかまりもなく応援して、うまくいった岬に心から『おめでとう』と言いたかった。


「もう、言えないよ……」

涙《なみだ》が頬《ほお》を伝って、足もとにポタッと落ちた。

岬とどんな顔をして話せばいい？

要とどんな顔をして会えばいい？

二人はきっと付き合うことになる。それなのに、想《おも》い続けているなんてできない。

ようやく気づいたのに。

気づけたのに。

この恋心は蕾《つぼみ》のまま、咲《さ》くことなく終わっていた——。

声を押し殺して泣きながら、つぼみは両手で顔をおおう。

そのまま、木の幹に背中を押しつけて、崩《くず》れるように座りこんだ。

chord 6
~コード6~

岬のキモチ

花火大会の後、つぼみは祖母の家に行っていたようで、しばらく部活には出てこなかった。会えたのは八月に入ってからだ。

岬は久しぶりにつぼみと顔を合わせたが、朝の挨拶《あいさつ》をしてすぐに、部活のミーティングが始まったから、ちゃんと話す機会がなかった。ようやく二人きりになれたのは、昼休みの時間だ。

屋上で待っていると、遅《おく》れてつぼみがやってきた。

「ごめん、遅《おそ》くなって。待った？」

申し訳なさそうに両手を合わせるつぼみに、岬は「ううん」と笑顔《えがお》で答える。

「そんなに待ってないよ」

「岬……ごめんね。しばらく連絡《れんらく》とってなくて」

つぼみは申し訳なさそうに言った。その顔は落ちこんでいるように見える。

「いいよ、そんなの。私もメッセージ送ってなかったし！　それに、おばあちゃんの家にいたんだから仕方ないよ。私もほら。携帯《けいたい》をよく放置しちゃうし」

いつものようにコンクリートの縁《へり》に並んで腰《こし》かけたけれど、会話が途切《とぎ》れてしまう。

「……つぼみ、なにかあった？」

岬はためらいがちに尋《たず》ねる。本当は連絡がないのが気になっていた。

「……あったのかな？」

つぼみは弁当の包みを脇《わき》におき、膝《ひざ》の上でギュッと手を握《にぎ》りしめている。

その声にはやはり、元気がなかった。

「つぼみ？」

呼びかけると、つぼみは顔を上げてこちらを見る。

「岬は、要君とは……どうなった？」

「えっ……ああ、うん。それがね……先月の花火大会の日に、告白しようと思ったんだけど……結局、伝えられなかったの」

ぎこちなく笑みを作って答えると、つぼみが「え!?」と驚《おどろ》きの声を上げた。

「ちゃんと、言おうと思ったんだけどね」

「じゃあ……まだ、付き合ってなかったんだ」

「それはそうだよ！　阿久津君が私のこと……どう思ってるのかもきいてないし！」

岬はパタパタと手を振《ふ》った。頬《ほお》がジンワリと熱い。

「そうなんだ。私、てっきり……」

両手で顔をおおいながら、つぼみが深く息を吐《は》き出す。

「あっ、でも、がんばるよ！　阿久津君にも私のこと、好きになってもらいたいし、ちゃんと気持ちを伝えたいから。だから、もう逃《に》げたりしないようにしたいし……」

岬は心配になって、首を傾《かし》げるようにしながらつぼみの顔をのぞきこんだ。

指を涙が伝っている。

「つぼみ⁉」

「ご……め……ん……」

顔をおおったまま、つぼみが消え入りそうな声で言った。

「ごめん……岬……ごめんね……」

「えっ、あれ？　なんで⁉」

つぼみが泣くような理由なんてないのに。

どうしていいのかわからなくて、岬はオタオタしながらかける言葉をさがす。

「あのね……私も……」

声を震《ふる》わせながら、つぼみは途方《とほう》に暮れたように見つめてきた。涙ぐんだその瞳《ひとみ》がわずかに揺《ゆ》らいでいる。

「私も……あいつのこと、好きになっちゃったの」

「……え？」

「ずっと、言わなきゃと思って……。花火大会の後で、岬に何度もメッセージ送ろうと思ったんだけど……でも、そんなことメッセージで伝えるのはダメだと思った……なんて言えばいいのかもわからなかったし……迷ってたら、なにも送れなかった」

うつむいたつぼみの瞳から、ポロポロと涙がこぼれた。その唇《くちびる》が、「ごめん、ごめんね」としきりにくり返す。

（そうだったんだ……）

そんなこと、全然、気づかなかった。つぼみが悩《なや》んでいたことも知らなかった。

いつからだったのだろう。

つぼみに何度も要のことを相談した。

そのたびに、つぼみはアドバイスしてくれて、背中を押してくれた。

つぼみがいたから。

つぼみが応援《おうえん》してくれたから。

いつだってそうだ。つぼみに頼《たよ》りっぱなしになっていた。

中学に入学して友達ができるかどうか心配していた時に、最初に声をかけてくれたのもつぼみだった。

高校に入って、要に話しかけられなかった時も、つぼみがあいだに入ってくれた。

(私はいつも、勇気がなくてためらってばっかり……)

つぼみも本当の気持ちを言えなくて、きっとずっと悩んでいたのだろう。

辛《つら》くないはずがない。でも、つぼみはそんなことは、一言も口にしないから——。

(私が我慢《がまん》させてたんだ……)

つぼみの前でいつも要の話ばかりして。それを、つぼみがどんな気持ちで聞いていたのかなんて考えもしなかった。いつも、自分のことばかりで。

(……こんなの、親友失格だよ)


「私こそ……気づいてあげられなくて、ごめんね」

岬はつぼみを引きよせると、力いっぱいその腕《うで》の中に抱《だ》きしめる。

「岬……私…………好きなんだよ？　要君のこと」

「うん……」

「要君は、岬の好きな人……だよ？」

「うん……」

「私、好きに……なってもいいの？」

つぼみが、不安そうな瞳で見つめてくる。

「だって、仕方ないよ……」

少しだけ目を伏《ふ》せて、そう答えた。

好きになる気持ちは、どうしようもないものだ。

つぼみが要を好きになる理由なんて、数え切れないくらいたくさんある。


「阿久津君が悪いんだよ！」

岬が拳《こぶし》を握って断言すると、つぼみの顔にようやく笑みがこぼれた。

「そうだね」

「阿久津君がかっこいいのが悪い！」

続けて言うと、つぼみも「うん」とうなずく。

「優《やさ》しいのが悪いよね。あいつ、すぐポンポンしてくるし」

「自覚なさすぎなんだよ！」

「そうそう、鈍感《どんかん》すぎ！」

岬はつぼみと一緒《いっしょ》になって、思い切り言い合った。

お互《たが》いに泣き笑いの顔になる。その頬と目頭《めがしら》を指で拭《ぬぐ》った。

「そっか――……つぼみも好きなんだ。阿久津君」

つぼみは頰を赤くして、「うん」とうなずく。

「じゃあ、私とつぼみ、ライバルになっちゃう……のかな?」

「岬は……いや……だよね」

少し悩んでから、岬は「わかんない!」と正直に答えた。

つぼみが要を好きになったことが、ショックではなかったと言えばウソになるだろう。

これから、自分たちがどうなるのかもわからなかった。

今まで通りというわけにはいかないのかもしれない。

けれどそれが、いやなのかどうか、本当に自分でもわからなかった。

失恋《しつれん》して、要に対する気持ちをあきらめることになるのは、すごく辛いことだろう。

要が自分たち以外の誰《だれ》かを好きになって、二人とも振られてしまう可能性だってある。

「わかんないけど……でも、ライバルがつぼみでよかったと思ってるんだよ」

もし、この恋《こい》が実らなくても、自分の知らない別の女の子と要が付き合っているところを見るよりも、つぼみと要が付き合っているのを見守るほうがずっといい。

そんな気がした。

「やっぱり……つぼみは私の親友だもん。大切な……一番大事な親友だもん」

言葉に出して伝えると気恥《きは》ずかしくて、岬は照れ隠《かく》しに笑った。

「私もだよ」

つぼみも真剣《しんけん》な表情で、見つめてくる。

「私にとっても、岬は大切な親友だからね」

「うん……」

お互いに手をつなぎ、同じ澄《す》んだ夏空を見上げる。

どんな風に自分たちが変わったとしても、そのことさえ忘れなければ、きっと大丈夫《だいじょうぶ》。

ホントの気持ちを言葉にして、大事なことを話せたから。

ここから、今日も『リスタート』──。


部活が終わると、岬はつぼみと一緒にバタバタと階段を駆《か》け下りる。

昇降口《しょうこうぐち》では、ちょうど要が靴《くつ》を履《は》きかえているところだった。

「あっ、夏川、桜井、帰んの？」

「そう！　岬と買い物ー！」

つぼみが岬の肩《かた》につかまりながら、笑顔《えがお》で答える。

「駅前のモールなら、俺も用事あるんだけど」

「ごめん、阿久津君。今日は秘密の買い物！」

岬は振《ふ》り返ってそう言うと、つぼみと「ねーっ！」と顔を見合わせる。

二人は靴を履きかえて、「じゃあね！」と要に手を振って校舎を出た。

要は呆気《あっけ》にとられたように見送っている。

それがおかしくて、つぼみと一緒に声を立てて笑った。


「岬、なに買うの？」

正門を出たところで、つぼみが尋《たず》ねる。

「ん－……雑誌かな？　今月の恋占《こいうらな》いが載《の》ってるのが見たい！」

「占いかぁ……。そうだ、ゲームセンターの手相占い、結構当たるって聞いたよー？」

「えっ、ほんと？」

「うん、相性《あいしよう》占いもあるみたい」

「相性占いかぁ……でも阿久津君がいないんじゃできないよ？」

「じゃ……私とする？」

「する！」

「よしっ！　ついでに、服も買っちゃえば？　岬、この前から、Tシャツしか買ってないし。しかも、微妙《びみょう》に変なTシャツ」

「かわいいよ！　家で着るのにちょうどいいし、パジャマにもなるし」

「タヌキのTシャツばっかり着てると、ほんとうにタヌキみたいになっちゃうぞーっ！」

つぼみに後ろからくすぐられて、岬は「わあああっ、やめて、ダメ！」と声を上げる。

脇《わき》をくすぐられると弱くて、思い切り笑ってしまう。

通りすぎる自転車にチリーンとベルを鳴らされて、あわてて道の脇に避《よ》けた。

顔を見合わせた後で、つぼみがチラッと岬のスカートに視線を向ける。

「もうちょっと……短くてもいいんじゃない？」

「そう、かな？」

岬も自分のスカートに目をやった。

「うん、いいと思う」

「でも、見えちゃわない⁉」

「そのくらいのギリギリ感がいいんだよー。これくらいにしちゃえば？」

つぼみが身をかがめ、バッとスカートを持ち上げようとする。

岬は「ひゃああっ！」と声を上げて、反射的に手で押さえた。

ハッとして振り返ると、正門を出てきた要とばっちり目が合ってしまう。

「あっ、あ、あ、ああ、ああー！！！」

言葉にならなくて、岬はパクパクと口を動かした。

（い、今の……今の――――っ!!）


「なに、やってんの……？　お前ら」

「んー……スカートめくり？」

つぼみがニコッと笑うと、要が「ハァ？」とあきれ顔になった。

「公衆の面前で変なことやってると、通報されるぞー」

要はつぼみの頭をコツンッとこづいて、二人を追い越《こ》していく。

「もーっ、つぼみ〜〜っ!!」

笑っているつぼみを、岬は真っ赤になりながらポカポカと叩《たた》いた。


夏休みが終わり、二学期になったけれど、自分たちの関係には変化なし。

そのことに、岬はほんの少しホッとしていた。

普段《ふだん》通りに一緒に笑っていられることに――。


体育祭が終わり制服も衣替《ころもが》えになると、気づけば十月になっていた。

朝、洗面所の鏡の前で、慎重《しんちょう》に、慎重に、前髪《まえがみ》にハサミを入れる。

(よし、今日こそは……真っ直《す》ぐ!)

鏡の自分を確かめていた時、いきなりドアが開く。

「岬、そろそろ……」

「わっ!!」

びっくりした拍子《ひょうし》に切ってしまい、パラパラと髪が洗面台に落ちた。

ハッとして、岬は鏡に目をやる。

「ああああーっ!!」

斜《なな》めになってしまった前髪に悲鳴を上げると、岬の姉がそばまでやってきてプッと吹《ふ》き出した。

「やっちゃったねー」

「お姉ちゃんが、急に声かけてくるから!」

（わああっ、どうしよう。これ、変だよね⁉　絶対、笑われるよね⁉　わかってたのに。自分でやると、絶対失敗するって‼）

「ほら、貸してごらん？」

そう言われてハサミを渡《わた》すと、岬の姉はサクサクとなれた手つきで髪を整えてくれる。

「ピンは？」

制服のポケットから、つぼみにもらったリンゴのピンを取り出して渡した。

姉は額についていた髪を払《はら》い、前髪を少しかき分けてからパチンとピンで留めてくれる。

「ほら、かわいくできた」

肩をポンと叩かれて、岬は鏡を見ながら自分の前髪をちょっとつまんでみた。

「ほんとに……変じゃない？」

「ないない。もういいなら、洗面台貸して。私も一限目から講義あるんだからね」

そう言われて、岬はティッシュで落ちた髪を片付けてから、洗面所を明け渡した。

「ありがと、お姉ちゃん」

洗面所を出ていく時お礼を言うと、鏡越《ご》しに岬の姉はニコッと笑った。

制服のスカートもいつもより、少しだけ短くした。

（髪も大丈夫《だいじょうぶ》……）

岬はカバンを手に玄関《げんかん》に向かい、スニーカーを履《は》く。

「行ってきまーす！」

元気に言いながら外に出ると、秋晴れの空が頭上いっぱいに広がっていた。

つぼみのキモチ

朝、登校してきたつぼみは、友達と「おはよー」と挨拶《あいさつ》を交《か》わしながらトイレに向かう。

鏡の前に立つと、ポケットからリップクリームを取り出して、薄《うす》く唇《くちびる》にぬってみた。

いつもより艶《つや》めいた唇に、笑みがこぼれる。

「うん……よし」

リップをしまい、そのままトイレを出て教室に引き返した。

「夏川、おはよー」

声をかけられてパッと振《ふ》り返ると、要がちょうど廊下《ろうか》を歩いてくる。

寝癖《ねぐせ》がついたままで、眠《ねむ》そうにあくびをもらしていた。

「徹夜《てつや》でゲームでもしてた？」

「今度の文化祭でやる曲、練習してたんだよ」

「あー、なるほど。トロンボーン泣かせのボレロだもんねー」

「そっちだって、ソロあるだろー。大丈夫なわけ？」

「んー……余裕《よゆう》！」

ピースしてみせると、要は「本当かー？」と笑った。それから、ふとつぼみの顔を見る。


「つけたの？　リップ」

「え？　あ……うん」

「やっぱり、似合う」

そう言うと、ニコッと微笑《ほほえ》んでから要は教室に入っていく。

席につくと、周りにいた男子たちがすぐに集まってきて雑談を始めていた。

ドアの前で立ち止まっていたつぼみは、自分の唇にそっと指を当てる。

（気づいてくれたんだ……）

自然と口もとに笑《え》みがこぼれた。


たったそれだけで、がんばりたいと思える——。

文化祭が近くなると、どのクラスの生徒たちも準備に忙《いそが》しく追われていた。

つぼみたちのクラスでも、男子は看板の制作や店のセット作り、女子は暖簾《のれん》や当日の衣装《いしょう》製作に取りかかっていた。金槌《かなづち》の音や、ワイワイ騒《さわ》ぐ声で教室の中はいつも以上に騒々《そうぞう》しい。


「なんで、俺らのクラスだけ、椀子《わんこ》そば屋なんだよー？」

「だよなー。誰《だれ》が決めたんだ？」

男子たちが文句を言い始めると、ドアがガラッと開く。

「俺だーっ、文句あんのかー？」

そう言いながら入ってきたのは、担任の八木先生だった。

「ハァ⁉ 八木ちゃんかよー」

「生徒の自主性はどーなってんだよ。横暴だーっ！」

「そーだ、そーだ、水着喫茶《きっさ》にしろー！」

口々に言い始める男子たちを、八木先生が「うるせい！」と一喝《いっかつ》する。

「決めろって言った時、ろくなアイデア出さなかったお前らが悪い！」

「八木ちゃんが全部、却下《きゃっか》したんだろー！」

「ほら、差し入れ持ってきてやったから、ガンバレ」

八木先生がビニール袋《ぶくろ》を突《つ》き出すと、「おおーっ！」と歓声《かんせい》が上がった。

作業を放《ほう》り出して集まってきた男子たちが、先生からビニール袋を受け取って中をのぞく。

「なにこれ、全部、梅干しじゃん！」

「疲《つか》れた時には梅干しに限るからな。夏バテにもきくぞー！」

八木先生は腕《うで》を組みながら、満足そうにうなずいている。

男子たちがいっせいに、「ハァアアアー⁉」と怒《いか》りの声を上げた。

「今夏じゃねーし。秋だし。どうすんだ、この大量の梅干し！」

「せめておにぎりの中に入れるとかしろよなー！」

「そーだ、米だ。米あれば、調理室の炊飯器《すいはんき》で炊《た》けるんじゃね？」

「ハイハイハイッ！　俺、女子の握《にぎ》ったおにぎりが食べたいです！」

なぜか一人だけ女子に交じって裁縫《さいほう》に加わっていた貢が、手を挙げて主張する。

「笹部キモーイ」

女子たちに白い目を向けられ、貢は「えっ、なんで⁉」とショックを受けたようにオロオロしていた。

「俺、女子のまずいおにぎりとかいらねーから、要のうまいおにぎりがいい」

「あ、俺も要のがいい」

看板にペンキを塗《ぬ》っていた要が、急に話を振られて「え!?」と声を上げる。

「なんで、俺!?」

「だって、お前のおにぎり、塩加減絶妙《ぜつみょう》」

「ご飯の炊き加減が職人だし」

「握り具合が天才」

「要ー、おにぎり作ってくれー!」

「あっ、私も要君のおにぎり食べたい!」

「私たちのぶんもお願いー!!」

女子たちも次々に手を挙げて言い始める。

「阿久津ー、先生はツナマヨ派だからな。そこんとこ、よろしく!」

八木先生まで、要の肩《かた》をポンと叩《たた》いてお願いしている。

「梅干し買ってきたの八木ちゃんだろ!?」

「先生なー、実は梅干し食えないんだ……酸《す》っぱいし」

「なんで、買ってくんの⁉」

要がツッコむと、みんなが笑い出した。

「そういうわけだから、買い出し係、米追加で！」

誰かの声で、椅子《いす》に座って作業をしていた岬に視線が向けられる。

「え⁉　え⁉」

岬はキョロキョロしてから、ハッとしたように立ち上がった。

「私だ、買い出し係！」


「あー……じゃあ、俺も行くわ」

要が刷毛《はけ》をペンキの缶《かん》に戻《もど》して立ち上がった。

「えっ⁉」

岬がうろたえているあいだに、要は軍手を外して買い出しの準備を始める。

「おおーっ、抜けがけデート！」

男子が冷やかすように言うと、岬は真っ赤な顔をしてうつむいた。

「米とかお前らが頼《たの》むからだろ？　冷やかすなら、おにぎり作ってやんないぞ」

要は男子たちを軽くあしらい、「行くぞー」と岬を促《うなが》して教室を出ていく。

「で、でも！」

岬がつぼみのほうを見る。その瞳《ひとみ》にはためらいの色が浮《う》かんでいた。

つぼみは微笑んで岬の背中を叩く。

「行っておいでよ」

岬は「うん」と小さな声で答えると、パタパタと要を追いかけていく。

その姿に、つぼみはフッとため息をもらした。

(誰が見ても、お似合いの二人、だよね……)

岬のキモチ

岬は要と一緒《いっしょ》に店をまわって必要なものを買いそろえると、学校に引き返す。

「買い忘れとかないよな?」

「布と糸に、模造紙に、あとペンキの補充《ほじゅう》と……」

携帯《けいたい》を取り出し、メモしておいた買い物リストをチェックする。それを要が横からのぞいてきた。

「米と飲み物、あとは……誰だよ、お菓子《かし》とか頼んでるの」

「あ、それ、八木先生」

「八木ちゃんかよ……っていうか、自分の用事頼むなら車くらい出してくれよなー」

要はビニール袋を持ち直す。中に入っているのはペットボトルや米だから、重そうだった。

「私、どれか持つよ」

岬のほうは軽い物ばかりだからまだ余裕《よゆう》がある。

「大丈夫《だいじょうぶ》。チューバのケースよりは軽い」

「ごめん、阿久津君、買い出し係じゃないのに、手伝わせて」

「ん……なんで？　俺はラッキーだったと思ってるけど？」

「え？」

「作業、飽《あ》きてたし。桜井と抜《ぬ》け出す口実ができた」

要は目が合うと、そう言って笑う。

信号が赤になって、横断歩道の手前で二人とも立ち止まった。

日が傾《かたむ》いて、空がオレンジ色に変わり始めている。

車が通りすぎていくのを待ちながら、岬はそっと西日の当たる要の横顔を確かめた。

花火大会の後も、自分たちは変わらない。近すぎもせず、遠すぎもせず、『友達』という距《きょ》離《り》を保ったまま、いつも通りにすごしている。

ただ、つぼみとは前よりも、要のことをよく話すようになった。

子どもたちの楽しそうな声が聞こえてきて、岬は公園に目をやる。

今は楽しい。けれど、いつまでこのままでいられるのだろう。

(阿久津君のことは好き……前よりもずっと、好き)

でも、その気持ちを伝えたら、きっと今のように三人で笑ってはいられなくなる。

誰《だれ》かが、泣くことになるのだろう。


花火大会の時には、自分の気持ちを伝えたいと思ったのに。

今は要に自分の気持ちを知られるのが怖《こわ》くなっている。

口にした途端《とたん》に、大切な関係が壊《こわ》れてしまいそうで——。


(つぼみは、怖くないのかな？　不安にならないのかな？)

自分にとって、要は好きな人。つぼみは一番の親友。

同じくらい大切で、失いたくない。できるなら、ずっと三人で今みたいに笑っていたい。

けれど、もし、要がつぼみを選んだら？

その時は自分は今のように、二人の前で笑っていられるのだろうか。

自分の気持ちをなかったものみたいにしてしまえる自信が、岬にはなかった。

辛《つら》くて、二人の前から逃《に》げ出したいと思うに決まっている。

岬が告白して、要がもしOKしてくれることがあったとしてもそれは同じだ。

今度はつぼみが辛い思いをする。

それなのに、今のように一緒にいてほしいとは言えない。

つぼみもきっと、気まずくてはなれていくだろう。

（その時には、私はつぼみを失うんだ……）


「信号変わったけど……桜井？」

要の声で、岬は弾《はじ》かれたように顔を上げる。

信号はとっくに青になっていて、待っていた人たちが横断歩道を渡《わた》り始めている。

「あっ、ごめん、行こう」

焦《あせ》って歩き出そうとすると、要に手首をつかまれた。

岬はドキッとして、思わずその顔を見る。

「阿久……」

「なにかあった？」

「な、なんにもないよ？」

「昨日も部活中、ぼんやりしてただろ。最近、ミス多いし」

「ごめん……」

(本当にダメだ……)

うつむいて、小さな声で謝った。


「俺じゃ、相談に乗れないこと?」

ゆっくり視線を上げると、要が真顔で見つめている。

その瞳に促されるように、岬は口を開いた。

「た……例えばだよ!」

念押ししてから、岬は視線をそらして話を続ける。

「もし、阿久津君なら……食べたいケーキが二つあって、どっちかしか選べないとしたら……どうする?」

「桜井の悩《なや》み事って、食べ物の悩み? どっちも食べればいいんじゃないの?」

要は「なんだ」と、拍子抜《ひょうしぬ》けしたような顔になる。

「だから、どっちかしか選べなくて!」

「んー……じゃあ、珍《めずら》しいほうがいい。いつも食べられるやつは今度食べる!」

(ああ、もう。そうじゃないんだよ!)

岬はもどかしくて、その場で足踏《あしぶ》みしたくなった。

「ケーキじゃなくて、もし、それが誰かだったら!?」

思い切ってきいてみると、要は「誰かって、誰？」と首をひねった。

「それは……誰かだよ。阿久津君にとって大切な……」

「わかんないだろ、そんなの。その場になってみないと……桜井はどうするわけ？」

逆に問い返されて、岬はわずかに目を伏《ふ》せる。

「……私にも、わかんないよ」

「じゃあ、いいんじゃないの？　その時になるまで、答えは出さなくても」

要はポンと岬の頭に手を乗せ、表情を和《やわ》らげた。

それだけで、岬は胸が詰《つ》まりそうで、なにも言えなくなる。

(あきらめたいわけじゃない。でも……)

全部が全部、丸く収まることなんてない。誰かを選べば、誰かをあきらめなくてはいけなくて、その時には自分たちはもう、同じ関係には戻《もど》れない。

それがわかっているから、『好き』とは言えない。
気持ちを伝えようとしなければ、なにも失わないでいられる。
これ以上、近くになんて望まなければ、今と変わらずに二人と笑っていられる。
だったら、そのほうがいい。それでいい。
(だって、私は二人とも大事なんだよ……どっちかなんて選べない)
だから、この気持ちは、もう——。
「桜井?」
名前を呼ばれて、岬は涙《なみだ》ぐみそうになるのを堪《こら》えて笑顔《えがお》を作った。
「信号変わるから、急ごう!」
明るく言って駆《か》け出すと、要も走り出す。
信号は点滅《てんめつ》し始めていて、渡り終えたところでちょうど赤信号に変わった。

chord 7
～コード7～

つぼみのキモチ

文化祭の準備が終わって学校を出るころには、もうすっかり日が落ち、雲間に星が瞬《またた》いていた。

つぼみは岬と並んで、駅までの道をゆっくり歩く。

「要君のおにぎり、おいしかったねー」

思い出しながらつぼみが言うと、岬も「うん」とうなずいた。どこか上の空だ。

つぼみは前に出て、首を傾《かし》げながら岬の顔をのぞく。

「なにかあったー？」

「え!? あ、ううん。おにぎり、食べすぎちゃったかなーって」

岬は頭の後ろに手をやり、ごまかすように笑う。

（やっぱり、なにかあったんだ……）

落ちこんでいるのが顔に出ている。要のほうは普通《ふつう》だったのに。

「買い出し、どーだった？ 要君となにか話した？」

「したよ。普通の話だけど……部活とか、文化祭のこととか」

「それだけ？　せっかく二人でいたのに？　進展はなにもなし？」

「あちこち店をまわってたら忙《いそが》しくて」

「せっかくなんだから、告白とかしちゃえばよかったのに」

冗談《じょうだん》めかして軽く言うと、岬がピタッと立ち止まった。

「しないよ、告白なんて！」

強い口調で言ってから、岬はハッとしたように口を閉《と》ざす。

その顔は気まずそうにそらされたままだ。

お互《たが》いに歩道の真ん中で、少しのあいだ、黙《だま》ったままでいた。


「……岬、変」

「え？　なんで⁉」

「すごく、変。もしかして、私に気をつかってる？」

「そんなことないよ！」

「そんなことあるでしょ！」

つぼみが声を大きくすると、岬がビクッとする。

（やっぱり、そうなんだ……）

つぼみはため息をもらして、岬を真っ直《す》ぐ見た。

「要君にも、私にも遠慮《えんりょ》してるでしょ？」

「そういうわけじゃ……」

「じゃあ、どうして告白しないの？」

「それは、そんなに簡単に言えないし……ほら、こういうのって、タイミングがあるし！」

明るく言おうとしているけれど、岬の顔は強《こわ》ばったままだった。

「違《ちが》うよね？　私がもし、岬に要君のこと好きだって打ち明けなかったら、岬はもうとっくに告白してたよね？」

「そんなことないよ……きっと言えてない……」

岬はうつむいてしまう。その声は泣きそうに聞こえた。

「もし、告白がうまくいったら、私が傷つくって思ってるんだ」

「私より、つぼみのほうがうまくいくよ！」

「本気で、そう思ってる……？」

「私はいいんだよ！　阿久津君ともつぼみとも、友達でいられたらじゅうぶんだし。阿久津君のことは好きだけど、付き合いたいとか、彼氏彼女になりたいとか……そんな風に思ってるわけじゃないし……だって、私には無理だよ……」

岬の声が自信をなくしたように、だんだん小さくなっていく。

「そっか……」

(岬は、壊《こわ》したくないんだ。壊したくないから、自分があきらめるほうを選ぶんだ)

「だから、つぼみのことは応援《おうえん》するよ！　つぼみは私のこと助けてくれたし、応援してくれたし……つぼみなら、阿久津君とお似合いだよ。絶対！　阿久津君だって、きっと……つぼみが好きだろうし。うまくいくよ！」

「言わなきゃ、よかったね」

岬のオタオタした声を聞きながら、つぼみはポツリともらした。

「……え？」

(要君を好きだって、言わなきゃよかった……)

岬なら、こういう選択《せんたく》をするだろうと、心のどこかでわかっていたような気がする。

それでも、夏休みに屋上で自分の気持ちを伝えたのは、後ろめたく思いたくなかったから。

自分にも、岬にも、ウソは吐《つ》きたくなかった——。

「岬の気持ちはわかった」

つぼみはフッと息を吐いてから、改めて岬と向き合った。

夜の風が、髪《かみ》をなでて通りすぎていく。

「つぼみ……」

「私、要君に告白する」

そう宣言すると、岬は軽く目をみはる。

(ほらね。応援するって言いながら、本当は焦《あせ》ってる)

あきらめるなんて、簡単にできないくせに。

(だって、好きでしょ？　本気だったらね……譲《ゆず》るなんて思っちゃいけないんだよ)

「本当……に？」

「岬がしないなら私がする。だって、好きだもの。すごく好きだもの！　岬にだって譲りたくないよ。二人が仲良くしてるところを見たらうらやましくなる。今日だって、本当は私が要君と行きたかった。花火大会の日ね、私も行ったんだよ？」

「……え？」

岬の瞳《ひとみ》が動揺《どうよう》したように揺《ゆ》らいだ。

「岬が要君と一緒《いっしょ》にいるのを見て、告白、うまくいったんだって思った。なんで、もっと早く自分の気持ちに気づかなかったんだろうって、すごく後悔《こうかい》した。でも、岬が告白できなかったって聞いて、私、ホッとしてた。まだ、付き合ってなかったんだって……私にもまだ、チャンスがあるかもしれないって！」

つぼみは自分の制服のリボンをつかみながら、声を張り上げる。

（岬はズルいよ……）

一番、近いところにいるくせに。チャンスだって、いくらでもあるのに。

少し勇気を出せば、願いは叶《かな》うところにいるのに。

静けさが戻《もど》った夜の道で、向かい合ったままでいた。

車のヘッドライトの明かりが、二人の姿を一瞬《いっしゅん》だけ照らし出す。

うつむくと、震《ふる》える唇《くちびる》を強く噛《か》みしめる。

「……びっくりした？　私がこんな風に思ってるなんて、知らなかった？」

かすかに苦い笑《え》みを浮《う》かべてきくと、岬は泣きそうな顔で黙っていた。

「ごめんね、岬。でも……私はあきらめたくない」

「つぼみ！」

岬の声を振《ふ》り切って、つぼみは走り出す。

（ねぇ、岬。私たち、一緒にいて楽しかったよね？）

色々なことを話した。お泊《と》まり会も何度もして、眠《ねむ》くて仕方ないのに、しゃべることは尽《つ》きなくて。

学校帰りもジェラートを食べに行ったり、買い物をしたりもした。

家族といる時間より、岬のそばにいる時間のほうが長かったくらい。

高校に入ってから要が加わって、よく三人でいるようになった。

気づいたら、それが当たり前みたいになっていた。

三人で笑っていられる毎日が、自分にとってもなにより大切なものだった。

（私だって、できればずっと二人といたいよ……）

全部なくしてしまうかもしれないと思うと、怖《こわ》くてたまらなくなる。

変わらないでいられるものなら、変わらないでいたい。

けれど、自分の気持ちより、今のままでいることを選んでしまったらきっと、後悔する。

（だから、踏《ふ》み出さなきゃダメなんだよ、岬）
たとえ、今の自分たちの関係を壊すことになったとしても——。

岬のキモチ

文化祭当日、岬が登校してくると、廊下《ろうか》も教室も飾《かざ》り付けがされて準備が整っていた。
仮装した生徒たちが、ワイワイ言いながら廊下を行き交《か》っている。
教室に入ると、つぼみはもう先に来ていた。
『私、要君に告白する』
（本当に、するのかな……？）
つぼみはいつも通り、楽しそうにみんなと雑談しながら笑っている。
声をかけ損《そこ》ねて遠巻きに見ていると、後ろから肩《かた》を叩《たた》かれた。
振り返ると、要もちょうど教室にやってきたところだった。

「おはよ、桜井」

「あ、う、うん、おはよ！」

挨拶《あいさつ》を返すと、要は眠そうにしながら横を通りすぎる。そのまま、つぼみのほうに歩いていった。

「夏川ー、楽器搬入《はんにゅう》って何時からだっけー？」

「十二時からじゃなかった？　その前に演劇部の舞台《ぶたい》があるから、ギリギリまで舞台袖《そで》使えないよー」

「じゃあ、その前に音楽室で音合わせだよな」

そんな話が聞こえてくる。岬がドアのそばで立ち止まっていると、要が肩越《かたご》しに振り返った。

「だってさ、桜井。昼、どうするー？」

「私は……適当に食べるからいいや」

二人の前でどんな顔をすればいいのかわからなくて、逃《に》げるみたいに教室を後にする。

廊下に集まっている生徒たちのあいだを急ぎ足で抜《ぬ》けながら、岬はギュッと目をつぶった。

『ごめんね、岬。でも……私はあきらめたくない』

午後からの演奏会が終わって部員のみんながクラスに戻っていった後も、岬は音楽準備室に一人残っていた。

譜面台《ふめんだい》や譜面隠《ふめんかく》しをケースに入れて棚《たな》に戻していると、外から騒《さわ》ぐ声が聞こえてくる。

中庭には模擬店《もぎ》が出ていて、運動部の人たちがたこ焼きや焼きそばを売っているようだった。

(去年は阿久津君やつぼみと一緒に色々買って食べたなぁ……)

パイプ椅子《いす》に座って作業机に頬杖《ほおづえ》をつきながら、ぼんやりと思い出す。

机の上におきっぱなしになっている壊《こわ》れたメトロノームの振り子に触《ふ》れると、カチカチと鳴り出す。けれど途中《とちゅう》でゆっくりになって、すぐに止まってしまった。

つぼみはもう、心を決めている。

(でも、私は……？　私はどうしたいの？　どうなりたいの？)

選ばなければいけないのは今なのに、まだ、迷っている。

「やっぱりここにいた」

音楽準備室のドアがカラッと開いて、岬はハッとする。

ドアのほうを見れば、入ってきたのは要だった。

「阿久津君……」

要はそばにやってくると、「はい、これ」と手に持っていたビニール袋《ぶくろ》を岬の頭にテンッと乗せる。

落ちそうになるそれを、岬はあわてて両手で受け止めた。

「あっ、たこ焼き……」

できたてなのか、パックから熱が伝わってくる。

要はパイプ椅子を引きよせ、向かいに腰《こし》を下ろした。

「俺も食うから残しといて」

「うん……ありがと」

さっそくパックを取り出しフタを開くと、フワッと鰹《かつお》とソースのいい香《かお》りが立ち上った。

「いただきます」

岬はそう言ってから、爪楊枝《つまようじ》で一つ突《つ》き刺《さ》して口に運ぶ。熱くて全部ほおばるのが難しかった。

ホフホフしながら食べている岬を、要はおもしろそうに眺《なが》めている。

「楽譜に落とすなよー」

岬は返事のかわりにうなずいた。

「桜井、夏川となにかあった?」

不意にきかれて、岬はコクンッと口の中のたこ焼きをのみこむ。

「……どうして?」

「二人とも口きいてないし」

「それは……色々準備とかが忙《いそが》しくって……」

「ふーん、ならいいけど」

「阿久津君は……もし、つぼみが……」

要と目が合って、岬は口をつぐんだ。

(きけるわけないよ……)

もし、つぼみが告白したら、なんて返事をするか、なんて——。

岬が手もとを見つめていると、要は首を傾《かし》げるようにしながら、「なに?」と先を促《うなが》す。

「つぼみは……すごいなって思って」

岬はそう笑顔《えがお》でとりつくろった。

今日の演奏会も、つぼみは難しいソロもあったのに落ち着いて、いつも通りにこなしていた。クラスの手伝いの時も率先《そっせん》してやっていて、いつもより元気なくらいで、要とも普通《ふつう》に楽しそうにしていた。

岬は告白のことが気がかりで、演奏にも集中できなかったのに。

音楽準備室で時間をつぶしていたのも、クラスに戻《もど》ってみんなと文化祭を楽しむ気にはなれなかったからだ。

普通に振《ふ》る舞《ま》う自信がどうしても、なかった。

「夏川も変だったろ？」

要の言葉に、岬は「え？」と顔を上げる。

「今日のソロ、テンポがいつもより速かった。いつも間違《まちが》えないところで間違えてたし。うまくごまかしてたから、観客はほとんど気づいてないと思うけど……夏川の手が震《ふる》えてるのとか、初めて見た」

（そうだったの？）

少しも気づかなかった。演奏中、自分が失敗しないかそればかり心配で。

要はつぼみのことも、ちゃんと見ていた。

「……緊張《きんちょう》してたんだよ。きっと」

平気でいられるはずなんてない。誰《だれ》だって、告白しようと思ったら怖《こわ》い。

（つぼみだって、そうなんだ……）

「夏川が？　文化祭の演奏会で？」

「それは……ほら、お父さんとか、お母さんとか見に来るからとか！」

要はもう一本の爪楊枝をとると、たこ焼きを一つ刺して、パクッと口に入れた。

「ああ……そうかもな」

「でも、夏川でも緊張とかするんだな」

「それはそうだよ……」

「桜井は、いっつも緊張しすぎ。今日もカチカチになってただろ？」

「私は慣れないから……阿久津君やつぼみほど、上手じゃないし」

「俺や夏川は前からやってるからだろ？　でも、桜井は桜井でがんばってきただろ？　だったら、胸張れば？　音、前より良くなってるんだし。まだまだ危なっかしいけど、でも……」

要は岬の頭をポンと叩《たた》き、目を細めた。

「桜井はちゃんとやれてるよ」

それだけの言葉で胸の奥から熱が広がり、岬は無意識に胸を手で押さえていた。

要は椅子を引いて立ち上がり、「じゃあ、行くわ」と言い残して音楽準備室を出ていこうとする。

「阿久津君！」

呼び止めると、ドアの前で要が振り向いた。

「ん？　なに？」

「つぼみから……なにか言われなかった？」

「いや、別に？」

「そっか……」

（つぼみ……やっぱり……）

「なにかあんの？」

「あ……えっと……」

言葉に詰《つ》まって、岬は瞳《ひとみ》を下げる。

「桜井？」

要が怪訝《けげん》そうに眉根《まゆね》をよせた。

「……ごめん、言うこと忘れちゃった」

笑ってごまかすと、要も「なんだよ、それ」と笑った。

「じゃあ、後でな」

「うん……」

要が廊下《ろうか》に出ると、ドアがゆっくりと戻ってくる。

胸の熱が痛みに変わり、岬は涙《なみだ》ぐみそうになって天井《てんじょう》を見上げた。

瞳に涙がたまって、視界がぼやける。

(私もあきらめられないよ……)

つぼみのキモチ

クラスの手伝いが終わり、空き時間ができると、つぼみは昇降口《しょうこうぐち》に向かっていた。

岬は演奏会の後、ずっと戻ってこなかった。

(私と顔を合わせるのが、気まずいから……だね)

仕方ない。避《さ》けられるのは。

自分でこうなるとわかっていて選んだ結果だ。

つぼみは下駄箱《げたばこ》の前で深呼吸してから顔を上げる。

それでも、決めたことだ。


『放課後　屋上に来て下さい』


メモをもう一度確かめてから折りたたむと、つぼみはそれを要の靴《くつ》の上においてはなれた。

途中《とちゅう》、階段を下りてきた要とすれ違い、「あれ、夏川？」と声をかけられる。

つぼみは返事ができなくて、そのまま横を通りすぎて階段を駆《か》け上がった。


誰もいない三階の廊下まで来ると、壁《かべ》によりかかって息を吐《は》き出す。

胸に当てた手が、ほんの少し震えている。その手を胸からはなして見つめた。

「らしくないな……」

そんなつぶやきをもらして、苦笑《くしょう》した。

演奏会でも、ソロを失敗した。手が震えて、思うように指が動いてくれなくて。

幸い、他《ほか》の人は気づいていなかったみたいだが、要にはばれていただろう。

コンクールでも、こんなに緊張したことはなかったのに。
(やっぱり……怖いね、岬)
告白するのに、こんなに勇気がいるなんて知らなかった。
いつも岬に、『告白しちゃえば？』なんて簡単に言っていた。
もたもたしている岬を、焦《じ》れったいと思いながら見ていた。
けれど自分のことになると、こんなに臆病《おくびょう》になって、逃《に》げ出したくなっている。

つぼみはポケットから、ショッピングモールで買ったリップを取り出す。
もう、自分にとってこれは、お守りみたいになっていた。
それを、手の中に包みこむ。

『夏川こそどーなわけ？　好きなやつとかいなかったの？』

(いるよ……)

今なら、そう——答えられる。

要のキモチ

柊一と一緒《いっしょ》に昇降口に向かっていた要は、つぼみとすれ違《ちが》って振《ふ》り返った。

「あれ、夏川？」

声をかけたが、つぼみは返事をせずに階段を上がっていってしまった。聞こえていたはずなのに。

(夏川も、桜井も……変だよな？)

「あくっちゃーん!!」

いきなり貢の声がして、横からタックルされるみたいに抱《だ》きつかれる。

「うぐっ、笹部ー！　いきなり、なに!?　というか、お前……その格好なに!?」

貢が要にしがみついたまま、潤《うる》んだ瞳で見つめてきた。

「聞いてくれー、あくっちゃん。三年のメイドさん喫茶《きっさ》に行ったら、いたのはかわいいお姉様たちじゃなくて、ピチピチのメイド服着た、ムキムキのラグビー部男子と、ムチムチの相撲《すもう》部男子ばっかりだったんだよ〜！」

「あー……そう。災難だったなー」

（というか、すげーどうでもいい話だった）

「しかも、メイドさん喫茶じゃなくて、メイドさんにさせられる喫茶だったんだよおおおおー‼」

「あっ、コラッ。どさくさに紛《まぎ》れて、俺の制服で涙と鼻水拭《ふ》くなって！」

フリフリのメイド服姿でカチューシャをつけた貢を、要は手で押しのける。

「あっ、笹部じゃん。メイド服着てるー」

「ホントだ。アハハッ、似合ってるよー、笹部ー」

通りすがりの女子たちが茶化すように言って、パシャパシャと携帯《けいたい》で写真を撮《と》り始める。

貢は途《と》端《たん》に泣くのをやめて、ソワソワし始めた。

「えっ、なに？　もしかして、俺史上初めて、女子にモテてる⁉　なあ、あくっちゃん、柊一、俺の時代がやってきた予感⁉　ちょっと行ってくるーっ‼」

瞳を輝《かがや》かせながら、貢は女子たちのほうにすっ飛んでいく。

女子にかこまれると、得意満面に決めポーズまで作って、一緒に写真に写っていた。

「結構、かわいいな、あいつ……」

「それ、笹部に言うなよー。柊一に言われたら、トラウマになるから」

要は苦笑しながら、柊一と並んで昇降口に向かう。

下駄箱からスニーカーを取り出そうとした時、メモがおかれていることに気づいて手にとった。

（……夏川？）

顔を上げて要は廊下のほうを見る。

岬がメモをくれることはよくあるが、つぼみがくれるのは珍《めずら》しい。

いつもなら用事があれば携帯にメッセージを送ってくるのに。

（なんか、大事な用事でもあんのかな？）

「どうした？」

「あ、いや……」

要はメモをズボンのポケットに押しこみ、スニーカーを下ろす。

靴を履《は》きかえると、昇降口を出た。

後できけばわかることだ。

そう思いながら。

chord 8
~コード8~

つぼみのキモチ

文化祭が終わり、校庭では後夜祭が始まろうとしていた。

つぼみは屋上に続く階段を上がると、ドアの前で立ち止まる。

(要君、もう来てるよね……)

耳の奥にまで、ドクンッ、ドクンッと心臓の音が響《ひび》いている。

深呼吸してから、つぼみはクイッと顔を上げ、ノブに手を伸《の》ばした。

押し開くと、鮮《あざ》やかな夕暮れの空が目に飛び込んでくる。その中で、要が一人たたずんでいた。

「夏川？」

ドアの音に気づいて振《ふ》り向いた要は、不思議そうな顔をしている。

なんのために呼び出されたのか少しもわかっていないのだろう。

(鈍感《どんかん》な君だから。口に出して言わなきゃ……)

足を踏《ふ》み出すと、つぼみは要に向かって駆《か》け出した。

（今、君に伝えるよ――）

「えっ、ちょっと、夏川⁉」

たじろいで身を引こうとする要のネクタイに、手を伸ばす。

たぐりよせ、軽く触《ふ》れた唇《くちびる》の感触《かんしょく》。

ほんの数秒、周りから音が消えたみたいに思えた。

手をネクタイからはなしてから、閉じた目をゆっくりと開く。

要は目を見開いたまま、つぼみを見つめていた。

びっくりしすぎて、動けなくなったみたいに。

「夏……」

掠《かす》れた声で呼ぼうとした要の言葉を、つぼみは遮《さえぎ》るように口を開いた。

「今のが、私の気持ちだから！」

伝えた声が震《ふる》えた。

「え……あ……えっ⁉」

戸惑《とまど》うような声をもらし、要は自分の口もとを手でおおう。

その耳まで真っ赤にそまっていた。

「ちょっと、待って」

額に手をやると、要はそのまま前髪《まえがみ》をかき上げながら深く息を吐《は》いた。

「これ、冗談《じょうだん》とか……じゃないよな？」

「ないよ。本気だよ」

（じゃなきゃしないよ。キスなんて……）

風にあおられる髪を片手で押さえながら、つぼみは真っ直《す》ぐに要を見返す。

「ねぇ……要君」

呼ぶと、要も真剣《しんけん》な顔になる。

「好きです」

　そう告げて微笑《ほほえ》んだ顔が、少しだけ泣きそうになった。

　秋の夕暮れの空の下で、この日、初めて好きになった人に、初めての、告白をした。


（君のこと、全部わかりたいんだよ）

（ねぇ、教えて――）

岬のキモチ

　後夜祭の始まる時間になって、岬はクラスのみんなと一緒《いっしょ》に廊下《ろうか》に出る。

　途中《とちゅう》で足を止めたのは、つぼみが一人屋上に向かうのが見えたからだ。

　立ち止まったままでいると、「岬、行くよー」と声をかけられる。

「あ、うん、先に行ってて」

みんなにそう答えて、岬は足の向きを変えた。

（つぼみ……）

屋上に続く階段を上っていくと、窓から夕日がもれていた。
待っていた要に、つぼみが駆けよっていくのが見える。
ネクタイをつかんだつぼみは、そのまま、要を引きよせていた――。
重なった二つの影《かげ》に、心臓がドクンッと鳴る。
岬はあわてて、ドアに背を向けた。

二人の会話なんて聞こえない。周りはシンッとした静けさに包まれている。
そんな中、岬はただ顔を伏《ふ》せていることしかできなかった。

（私、バカだ……）
花火大会の日に、思い切って告白しておけばよかった。

三人の関係が壊《こわ》れてしまうのが怖《こわ》くて、あきらめようだなんて。

本当は、自分に勇気がなかっただけ。

告白して受け入れてもらえる自信がなかっただけ。

怖かったのは、この恋《こい》が終わってしまうことだった。

(つぼみの言う通りだ……)

後悔《こうかい》しても、もう遅《おそ》い。

『だから、つぼみのことは応援《おうえん》するよ！　つぼみは私のこと助けてくれたし、応援してくれたし……つぼみなら、阿久津君とお似合いだよ。絶対！　阿久津君だって、きっと……つぼみが好きだろうし。うまくいくよ！』

(本当に、バカだった……私はなにも選べなくて……)

全部、なくすんだ。

唇を噛《か》みしめ、もう振り返らないようにしながら階段を駆け下りていく。

それでも、まぶたの裏に焼きついた光景は消えてくれない。

大切な親友も。

好きになった人も。

初めての恋も。

全部――。

日が落ちるにつれて、後夜祭は盛り上がりを見せていた。

軽音部の演奏が、校舎のほうにまで聞こえてくる。

電気の消えた教室の自分の席に、岬は一人座っていた。

机の中から取り出したノートを開くと、要と交《か》わしたメモがペタペタと貼《は》りつけてある。

読み返してみると、くだらないと思うような内容ばかり。

要の落書きに思わず笑うと、その上にポタッと雫《しずく》が落ちた。

空っぽになるまで泣いたのに。

泣いて、全部忘れようと思ったのに。

(全然、止まらないよ……止めてよ……)

ページをクシャッと握《にぎ》って、岬はうつむいた。

『要君　好きです』

ノートの隅《すみ》に貼りつけた、一学期の終業式の日に渡《わた》せなかったメモ。
それがこぼれた涙《なみだ》で濡《ぬ》れる。

「かな……め……くん……要……君……」

一度も呼べなかったその名前を、何度もくり返していた。
胸が張り裂《さ》けそうで、ノートを抱《だ》きしめたままうなだれる。

(君のせいで、こんなに胸が痛いのに……)

「好きなんだよ‼　気づいてよ、バカ――――っ‼」

思い切り叫《さけ》んだ岬は、「うわあああ――ん！」と全部吐《は》き出すように泣き出した。

廊下まできっと声は響《ひび》いているだろう。

もう一度、やり直しができればいいのに。

（そうすればもっと早く……）

噛みしめた唇《くちびる》を涙が伝い、ボロボロこぼれた雫が机の上にたまっていく。

「好き……なんだよ……」

もう一度、掠《かす》れた声でこぼした時だった。

カラッと、教室のドアが開く。

「あのさ……」

遠慮《えんりよ》がちに聞こえた声に、岬は嗚咽《おえつ》を堪《こら》えながらゆっくりと振《ふ》り返った。

「阿久津……君⁉」

びっくりして席を立つと、イスがガタッと音を立てた。

(ウソ、なんで⁉　なんで、ここにいるの⁉)

鼓動《こどう》が速くなって、岬はすぐに言葉が出てこない。

(今の……)

「なに、一人で絶叫《ぜつきよう》告白してんの……？　桜井」

要は首の後ろに手をやりながら、気まずそうに視線をそらしていた。

(やっぱり、聞かれてたんだ……)

岬は真っ赤になって、ノートを抱きしめたまま後退《ずさ》りする。

その足が椅子《いす》に引っかかりそうになってよろめいた。

(なにか、言わなきゃ……)

「あ、あ……阿久津君、後夜祭は？」

焦《あせ》って口を開いてみたが、自分でも情けないほど声がうわずっている。

「桜井、いないからどこに行ったんだろうと思って」

要は教室に入ってくると、ドアを閉める。

うろたえてもう一歩だけ後ろに下がると、背中に窓が当たった。

「な……んで？」

岬は足もとを見つめて、小さな声で尋《たず》ねた。

(私のことなんて、さがさなくていいのに。もう……気にしてくれなくていいのに)

このまま、なにも聞かなかったことにして立ち去ってくれたら。

そう思いながらまぶたを閉じ、要の靴音《くつおと》を聞く。

「なんでって……」

岬は目を開くと、ゆっくり視線を上げる。

要は隣《となり》の席によりかかると、岬と向き合う。

お互《たが》いの距離《きょり》は、机一つ分くらいだった。

「つぼみ……さがしてるよ？」

「……夏川なら、後夜祭出てるよ」

「阿久津君は……一緒《いっしょ》にいなくていいの？　私はいいから、つぼみのとこ行きなよ。待ってると思うよ」

「なんで？」

問い返されて、岬は言葉に詰《つ》まる。

（だって、二人はもう……）

「なんで、夏川が俺を待ってるって思うわけ？」

いつもよりも静かな声で、要がもう一度きいた。

「告白……されたでしょ？　つぼみに」

岬はそんな要から目をそらせないまま続ける。

「もう……付き合ってる……でしょ？」

また、泣きそうな声になった。

要は答えないまま、岬を見つめていた。

誰《だれ》かの鳴らした爆竹《ばくちく》の音が、校庭のほうから聞こえてくる。

それがあの日二人で見た、花火の音に似ていて、どうしようもなく――胸がしめつけられる。

「付き合ってないよ」

要の口からこぼれた言葉に、岬は「え……」と声をもらした。

「告白はされたけど……断った」

そう言って、要は口もとに苦笑《くしょう》をにじませる。

岬は目をみはり、「ウソ……」とポロリともらした。

「ウソ……阿久津君はつぼみのこと……好きなんじゃ……」

「まあ、きらいじゃないよな。告白されたのは正直、うれしかったし」

「じゃあ、なんで!? つぼみと……キス……っ」

要の顔が見る間に赤くなる。

「えっ、桜井、なんで知ってんの!?」

岬はパッと自分の口を手で押さえた。それから、気まずくて少しだけ視線をそらす。

「見てた……から……ちょっとだけ」

要は自分の顔を片手で押さえると、ハァと疲《つか》れたようなため息を吐《つ》く。

「あのさー……お前ら、ほんと、俺のこと遊んでない？」

「ないって！ たまたま……じゃないけど……気になって……あっ、でも、ちゃんとは見てない！ 忘れるから！ 見なかったことにするから！」

岬は声を小さくして、「ごめん」と謝った。

「だから、もう……付き合ってるって思って……」

「で、後夜祭にも出ないで、一人、教室で叫んでたんだ？」

「それは……だからっ……!!」

真っ赤になってオタオタしながら、言い訳の言葉をさがす。

もうどんなにごまかしても正直な気持ちは隠《かく》せなくて、岬は覚悟《かくご》を決めて要を見た。

けれど、言葉がのどに詰まったように出てこない。


要がこみ上げてきた笑いを堪えるように肩《かた》を揺《ゆ》らす。

「桜井、やっぱ、リンゴみたいな顔になってる」

「真面目《まじめ》に言ってるのに!!」

「知ってるよ」

要はフッと表情を和《やわ》らげると、ポンと岬の頭に手を乗せる。

そのまま引きよせられて、岬は息を呑《の》んだ。顔が要の胸に当たる。


「桜井がさ……泣くだろうなって思ったんだよ」

トクン、トクンと聞こえているのは自分の心臓の音ではない。要の胸の鼓動。

シャツ越《ご》しにも頰《ほお》に熱が伝わってくる。

「夏川に告白された時。だから……ちゃんと、お断りしました」

岬はクシャクシャになりそうになった顔を、要のシャツに押しつけた。

今さっきまであんなに悲しくて泣いていたのに。今は――。

「私……阿久津君が好き……だよ……」

「うん……さっき、聞いた。桜井、叫《さけ》んでたの廊下《ろうか》まで丸聞こえだったし」

「大好きなんだよ‼」

岬は涙声《なみだごえ》でくり返す。その声も恥《は》ずかしいほど震《ふる》えていた。

「すごく、すごく……好き……！」

「やっぱり、桜井は泣くんだな」

そう言いながら要は岬を腕《うで》の中に包みこむ。

そのまま抱《だ》きしめられて、要のシャツをつかみながらしばらく声を上げて泣き続けていた。

窓から月明かりが差し込む、二人しかいない教室で――。

つぼみのキモチ

校庭に作られた特設の舞台《ぶたい》で、軽音部の演奏をバックに生徒たちが好き勝手なことを、マイクに向かって叫んでいた。そのたびに、集まった生徒たちのあいだから、冷やかしの声や声援《せいえん》が飛ぶ。

すっかり暗くなった空を、いつもより大きく見える満月が照らしていた。

「山田《やまだ》さん、好きです。付き合ってくださあああ――い！」

「ごめんなさあああ――い！　田中《たなか》君が好きで――――す！」

「えっ、俺⁉　やっぱごめんなさあああ――――い‼」

そんなやりとりに、生徒たちがどっと沸《わ》く。

「みんな、バカだねー！」

「アハハハッ、ホントだね」

つぼみはクラスのみんなと一緒に手拍子《てびょうし》しながら、思い切り笑った。

その手が途中《とちゅう》で止まって、笑《え》みが消える。

（ホントだよ……）

『ごめん、夏川……ごめん……』

「あっ、つぼみ、岬と要君来たよー」
友達の声にドキッとして振《ふ》り返ると、後ろのほうに岬と要がいた。
男子に「なにやってんだよー」と声をかけられると、要はごまかすように笑っている。
(岬……)
要の隣にいた岬もつぼみに気づいたようだった。
目の周りが少し赤いのはきっと泣いたからだろう。
(岬は……うまくいった？　いったよね……)
そうでなければ、この場に二人一緒《いっしょ》にはいないだろう。
要の気持ちは最初から、決まっていた——。
(わかってたのになぁ……)
「はい、残念!!　次、叫びたいやつ、上がってこーい!!」
軽音部の男子がマイクに向かって呼びかける。

手を密《ひそ》かに握《にぎ》ってから、つぼみは岬にかすかな笑みを向けた。それから、舞台のほうを向いて、「はーい！」と勢いよく手を挙げる。

「そこのかわいい女子！」

指さされて、つぼみはクラスのみんなに背中を押されながら舞台に駆《か》け上がる。

そんな様子を、岬はポカンとしたように見上げていた。

マイクの前に立つと、汗《あせ》ばんだ手をスカートで拭《ぬぐ》う。

舞台からは生徒たちが見渡《みわた》せた。

要も驚《おどろ》いたように見つめている。

（やっぱり……私にとって告白は、決別宣言だったね）

軽く息を吸いこんでから、つぼみは真っ直《す》ぐ前を向いた。

「二年、夏川つぼみです！！！」

声がスピーカーを通して、校庭いっぱいに響《ひび》く。

「今日、好きな人に告白して………」

（ああ、ダメだ……）

全部、笑い飛ばしてしまおうと思ったのに。

笑い飛ばしたら、吹《ふ》っ切れると思ったのに。

笑顔が作れなかった。

止まらなくなった涙に、両手で自分のスカートをつかんだ。


「ガンバレー！！！」

そう、誰《だれ》かの声がして、少しだけ笑う。

顔を上げると、舞台のまぶしすぎる照明が照らしていた。

涙のたまった瞳《ひとみ》の中でその光が輝《かがや》いて、舞台下にいる生徒たちの姿もかすんで見えない。


「……思いっきり……振られました！！！！！」

そう精一杯《せいいっぱい》声を張り上げると、「ええええーっ！」とクラスのみんなのあいだからどよめきが起こる。

涙を拭ってから、つぼみは一度だけ要に目をやった。

大丈夫《だいじょうぶ》。ちゃんと気持ちにさよならできる――。

「なのでっ！　なぐさめてくれる優《やさ》しい男子、募集《ぼしゅう》中です‼」

そう言うと、つぼみはピースサインをして笑った。

あちこちから、わっと歓声《かんせい》が上がる。

クラスの男子たちが、いっせいに要のほうをバッと振り返る。

「えっ、な、なに⁉」

要はたじろいで、逃《に》げ腰《ごし》になっていた。

「犯人は、お前だあああっ‼」

要を指さして叫《さけ》んだのは、メイド服姿のままの貢だ。

「ハァア⁉」

貢は近くの男子が持っていた拡声器をもぎ取る。

「被疑者《ひぎしゃ》確保――――‼」

号令をかけると、男子たちがわっと要に詰《つ》めよってきた。

「うわっ、笹部、覚えてろよ！！！」

「要、逃げるぞ！！」

柊一に腕《うで》をつかまれた要は、身をひるがえして逃げ出した。

その後を、貢を先頭に雄叫《おたけ》びを上げながら男子たちが追いかけていく。

そんな姿に笑ってから、つぼみは岬のほうに視線を移した。

「……ごめんね」

マイクに向かって小さな声で言うと、岬がハッとした顔をする。

舞台《ぶたい》下で見つめている岬の瞳が潤《うる》んで、その唇《くちびる》が「つぼみ」と名前を呼ぶ。

つぼみは少しすっきりした気持ちで笑った。

これでよかったんだ――。

心からそう思えたことが、今はただ、うれしかった。

「つぼみ……」

岬が生徒のあいだをぬって、舞台に駆けよってくる。

「つぼみ――っ！！」

飛びついてきた岬を、つぼみは両手で受け止めた。

そのまま、よろめいて二人ともストンとその場に座りこむ。

「私こそ、ごめん……ごめんね!!」

つぼみは、泣きじゃくる岬の背中に腕をまわした。

「岬ー……まだ、親友でいてくれる？」

「うん……ずっと、ずっと、親友だよ。大好きだよー！」

（そっか……だったら、いいや）

つぼみは満足して、岬の肩《かた》によりかかった。

「おめでとう、岬」

ずっと、言いたかった言葉。

（ようやく、言えたよ――）

この先、どれだけの月日が流れても、きっと今日のことが色あせることはない。

いつまでも、鮮《あざ》やかに思い出す。

悲しいことも、うれしいことも、全部。
忘れない、忘れられない、駆け抜《ぬ》けた日々の一ページになる——。

部活
がんばろうな!!

chord 9
~コード9~

岬のキモチ

文化祭が終わった後、しばらくお祭り気分の余韻《よいん》が残っていた生徒たちも、十二月に入るころには、ようやくいつもの日常を取り戻《もど》していた。

教室にも暖房《だんぼう》が入るようになって、窓にはうっすらと霜《しも》が降りている。

この分だと、いつもより早く雪が降りそうだと、今朝の天気予報が伝えていた。

岬は、というと——。

「えっ⁉　なんで⁉」

机を挟《はさ》んで向かいに座ったつぼみが、肉まんを手にしたままびっくりした顔できいてくる。

放課後の教室に残っているのは、岬とつぼみの二人だけだ。

「なんで、まだ付き合ってないの⁉　だって、告白したでしょ⁉」

つぼみが身を乗り出すようにしてきいてくるので、岬は「うん……」と小さくうなずいた。

「阿久津君もＯＫしてくれたでしょ⁉」

つぼみは文化祭の日以来、要のことを『阿久津君』と呼ぶようになった。

相変わらず要とは話もするし、一緒《いっしょ》にいることも多いけれど、やはり少しだけ距離《きょり》をおいている感じがして、そんなつぼみを見ていると、岬はどうしても胸が痛くなる。

「それが、よくわからなくて……」

モゴモゴと口ごもっていると、つぼみはあきれた目をして見つめてくる。

岬は身をすくめ、気まずさをごまかすように自分の肉まんをパクッとほおばった。

買ってきたばかりだから、ホカホカしている。

「私は好きって言ったけど、要君からは言われたことないし……付き合おうとか、そういう話も全然ないし……だから、多分、付き合ってないと思う。デートとかしたことないし」

授業中にメモをまわしたり、一緒に駅まで帰ったり。岬と要は以前とそれほど変わっていない。

「あっ、でも、私はこれでじゅうぶんだよ！　うん。学校にいるあいだはよく話もするし、お弁当も一緒に食べることがあるし」

「それは土日でしょー？　部活中だからでしょー？　もー、なにやってるかなー。私が恥《はじ》を忍《しの》んで公開失恋《しつれん》宣言までしたのに」

つぼみはハァとため息を吐《つ》いて、浮《う》かせた腰《こし》をストンと椅子《いす》に戻す。

「ごめん……」

声を小さくして謝ると、つぼみにパチンとおでこを弾《はじ》かれた。

「また、気にしてる」

「し、してないよ！」

「私はもー立ち直ってるよー。岬と阿久津君が付き合わないのが私のせいとか、いやだからね」

「うん……わかってる。付き合うとか、付き合わないとか……なんだか、まだよくわからないんだよ。彼氏彼女になったら、今となにが変わるのか……とか……」

好きだという気持ちを要が知っていてくれるのだから、それだけでいいような。

全部、なくしてしまうかもとか、二人ともう話もできないかもしれないとか、そんな風に思って落ちこんだ日を思えば、こうしてつぼみとも、要とも一緒にいて、変わらずに話ができているのは奇跡《きせき》みたいなことだ。

「岬は欲がないなぁ」

「そんなことないよ！　いっぱいあるよ。一緒にラーメン食べに行きたいとか、一緒に肉まん食べたいとか、要君の作ったお弁当食べたいなとか、いつも考えてるし！」

「それ、全部、食欲だよー。そういう欲じゃなくて。ほらー、もっとあるでしょ？　手をつないで帰りたいなーとか、もうちょっとくっついていたいなーとか」

「それは……思うけど……」

顔が熱くなって、岬は余計に小さくなる。

「もーすぐクリスマスだから、家に押しかけちゃえば？」

「それはいくらなんでも！　要君は多分家族とすごすだろうし」

「あいつの両親、お正月にならないと帰らないって言ってたよー。妹の萌《もえ》ちゃんと二人きりのさみしークリスマス送るつもりだよー？　岬が行けば喜ぶって」

「でも、迷惑《めいわく》になるよ、きっと！」

「ならないよ」

つぼみはそうきっぱり言って、目を細める。

「絶対にならないよ。だから、行っておいでよ」

「そう……かな？」

「ついでに、キスもしちゃえ」

「ムリだってば！　付き合ってもないのに」

「そーんなこと言ってると、私が岬のファーストキスをもらっちゃうよー」

つぼみは席を立ち、身を乗り出してくる。

「えっ、ちょ、つぼみ⁉」

つぼみが迫《せま》ってくるので、岬はあたふたしながら逃《に》げようとした。

椅子が傾《かたむ》き、そのまま倒《たお》れそうになる。

つぼみは机に手をついて顔をよせながら、ニコッと笑った。

「隙《すき》あり！」

「わああっ」

椅子と机がガシャンッと音を立てて倒れ、岬とつぼみが折り重なるように転がる。

「つぼみ――――っ！」

「アハハハハハハッ、ごめーん。だって、岬があんまりかわいいから」

岬の上に乗っかったまま、つぼみはお腹《なか》を抱《かか》えて笑っていた。

「お前ら、なにまたイチャイチャしてんの……？」

ハッとして見れば、要が複雑そうな表情で見下ろしていた。

いつから教室にいたのか。

(もしかして、さっきの会話を聞かれた⁉)

岬はうろたえて、「わああっ！」と声を上げた。

「か、か、要君！」

「阿久津君がグズグズしてるからだよー」

つぼみは笑いながら、机を「よいしょ」と直す。

「それより、顧問《こもん》のミッチーが呼んでたぞ。新部長」

「あっ、そうだった！」

三年生が全員引退して、つぼみが吹奏楽部《すいそうがくぶ》の新部長に、要が副部長になったのは先月のことだ。だから、この二人は結構忙《いそが》しい。

「岬、ごめん、遅《おそ》くなるから先帰ってて」

「えっ、待ってるよ？」

「すっごく遅くなるからダメ！　そういうわけで、阿久津君、岬のことよろしく！」

つぼみはニコッと微笑《ほほえ》んで、パタパタと教室を出ていく。

残された岬と要は、思わず顔を見合わせた。

「だってさ。どうする？　岬」

桜井ではなく——岬。

要は文化祭の後から、そう呼んでくれるようになった。

要は他《ほか》の女の子にもいつも『要君』と呼ばれているけれど、要が女子を名前で呼ぶことはない。

（期待、していいのかな……少しは特別だって……）
そんなことをぼんやり考えながら、無意識に要の唇《くちびる》に視線を注いでいた。
『ついでに——』
つぼみの言葉が頭をよぎって、ハッと我《われ》に返る。
要と視線が交わった途端《とたん》に、一気に顔の熱が上がった。
（わ、私、なに考えてるんだろう!!）
「岬？」
怪訝《けげん》そうな顔をする要から、思わず視線をそらす。
「あっ、そ、そうだね！　えっと……どうしよう？」
加速していく心拍数《しんぱくすう》と、上がっていく体温に、つい苦笑《くしょう》がもれる。
意識しすぎ。わかってる。
でも、もっと近づきたい——。
この距離《きょり》がゼロセンチになるくらい。
（そんな風に考えているなんて知ったら、要君は笑うかな？）

「一緒《いっしょ》、帰る？」

要がふっと表情を和《やわ》らげてきく。

「うん……帰る」

岬は小さな声で答えてから、はにかむように笑《え》みを返した。

つぼみのキモチ

急ぎ足で教室を出たつぼみは、廊下《ろうか》の途中でゆっくり立ち止まった。

廊下には他に生徒の姿はない。冷えた空気が漂《ただよ》っていた。

窓の外に広がるのは、灰色の濁《にご》った空。

「雪……降るかなぁ……」

雪が降り始めて、年を越《こ》して、そのうちに雪がとけて。

来年の春がまた訪《おとず》れるころには、きっとこの胸に残る小さな痛みも忘れてしまう。

その時になったら……。

新しい『恋《こい》』を、始めよう——。

「よしっ、リスタート！」

岬のいつもの口癖《くちぐせ》を声に出してみると元気が出てきて、笑みをこぼす。

少しだけ伸《の》びをしてから、つぼみは歩き出した。

epilogue ～エピローグ～

岬が要と一緒に正門を出ると、雪がちらつき始めた。

空は薄暗《うすぐら》く、風も冷たい。もうすっかり冬の風だ。

「なんだか、俺の最大のライバルは、夏川だって気がしてきた」

寒そうにポケットに両手を押しこんだまま、要がポツリともらす。

「……部長のこと？」

並んで歩きながらきくと、要が岬のほうを見た。

「あれ？　違《ちが》った？」

「そっ、部長のこと」

要はすぐに前を向く。

「そんなに、なりたかったの？」

「なりたいわけないだろー。副部長だって面倒《めんどう》くさいのに」

「えっ？　じゃあ……なんのライバル？」

「んー？　まあ、色々だよ。それより、さっき、夏川となんの話してたの？」

「あっ、それは……クリスマスの話とか」

「クリスマス？　夏川とすごすの？」

「ううん、つぼみは家族とすごすって……」

「ふーん。岬は？」

「私は……まだ、予定が決まってない、かな？」

「あっ、じゃあ、俺んち来て手伝ってくれない？」

「えっ？」

岬はドキッとして、要の横顔を見る。

「いや……実は、萌が学校の友達呼びたいとか言い出すから。俺一人じゃ小学生軍団の相手とかムリだし。岬が来てくれると助かる」

（なんだ、そういうことか）

なんだか少しホッとして、岬は笑顔になった。

「いいよ！　行くよ。大勢ならきっと楽しいし」

（それに、要君と一緒にいられるなら……）

「ごめん……」

「えっ、どうして？」

立ち止まってきくと、要はぎこちない笑みを作る。

「いや……できれば……二人ですごしたかったというか」

（それ……って？）

ちらつき始めた雪が頬《ほお》にかかる。

つぼみとの会話を思い出して、岬は口をつぐんだ。

本当はずっとききたくて、でもきき出せなくて。

どうなれば、付き合っていることになるのか、それもわからなくて。

曖昧《あいまい》なまま、すぎて行く時間。

「とにかく……また、連絡《れんらく》するから……」

横断歩道を渡《わた》ろうとする要の制服に、思わず手を伸ばす。

ギュッと引っ張ると、要が少しだけ驚《おどろ》いた顔をして振《ふ》り返った。

「岬……？」

ためらって、遅《おそ》くなって、それで後悔《こうかい》するのはもう、いやだから——。

「私、クリスマスに……ほしいものがある！」

思い切って口にすると、要が一瞬《いっしゅん》の間をおいてから「なんだ」と肩《かた》の力を抜《ぬ》いた。

「俺も手伝ってもらうお礼しないとって思ってたし。いいよ、で、なにが……」

ゆっくりうつむいた岬は、要の制服から手をはなす。

「私……告白の返事……ちゃんと聞かせてもらってないよ」

（だから、知りたい。要君が私をどう思ってるのか……）

要と岬は歩道の真ん中で向き合ったままでいた。

黙《だま》ってしまった要の顔を見られなくて、あわてて笑ってごまかす。

「なんて、言われても困るよね。なんでもいいよ！　クリスマスプレゼント。私も用意するから、交換《こうかん》しよう。五百円以内とかで！」

要がクッと口もとに手をやって笑い出す。

「五百円って……それ、小学生価格だろ？」

「今月、お小遣《こづか》いが厳しいんだよ。それに、こういうのは、気持ちだし……」

要がくれるなら、なんでもいい。どんなものでも、きっとうれしくなるから。

「わかった。五百円以内なら、なんでもいいんだろ？」

「うん、いいよ。お菓子《かし》でも、なんでも……！」

要が岬の手をとって引きよせる。

（え……？）

手からカバンが滑《すべ》り落ちて、パタンと足もとに倒《たお》れた。

熱を持った頬に当てられた要の手が冷たくて心地《ここち》よくて、岬はそっと目を伏《ふ》せる。

唇《くちびる》に触《ふ》れた感触《かんしょく》が、ふっともれた吐息《といき》と一緒《いっしょ》にはなれると、ゆっくりと目を開いた。

すぐ間近で交わったお互《たが》いの視線。

「俺、ちゃんと……岬のこと、好きだよ」

コンッと額を合わせたまま、要がささやくような小さな声で告げる。

その言葉だけで、もう、胸がいっぱいで、岬は「うん……」とうなずくことしかできなかった。

『これからも、よろしく』

入学式の日に要がまわしてきた手紙。
あの日から始まった恋《こい》。
要に出会ってから、要を好きになってから、世界の全部が変わって見えた。
お互いに、気恥《きは》ずかしさをごまかすように微笑《ほほえ》む。
ようやくズレていた気持ちがリンクした気がした。

ねえ、要君。
私は君に『恋』してる。
君がこの気持ちを教えてくれてから、見るもの全部がきらめいて。
私の世界は『恋』に落ちている――。

HoneyWorks メンバーコメント!

Gom

Gom

shito

世界は恋に落ちている
小説化ありがとうございます!!
恋はするものじゃない落ちるものだ

しと

世界は恋に落ちている
小説化ありがとうございます!!
部活に恋に友情…
めいっぱい青春している3人にドキドキ
キュンキュンしっぱなしです。
要は罪な男ですね…(いい意味で!)

ヤマコ

cake

「世界は恋に落ちている」小説化おめでとうございます。
セカコイの楽曲は僕がハニワに加入してまもない頃のレコーディングなので
とても思い入れがあり、また大好きな楽曲です。
加入当時を思い出し、僕も読んでみたいと思います!!

cake

ziro

最後の男になろう

ziro

サポートメンバーズ！

読んでくれてありがとう！
本の内容とは関係ないけど、
ライブで「世界は恋に落ちている」を
みんなが歌ってくれるあの空気が好きです
また一緒に歌おうね。
夏ツアーでお会いしましょう！
ではー!!!

Oji

CHiCO with HoneyWorks
1st Single「世界は恋に落ちている」
待望のノベライズ化！
僕たちも恋に落ちてしまいました…。

Atsuyuk!

Atsuyuk!

Special Comment from CHiCO

「世界は恋に落ちている」

が1冊の本になりました！
さらに3人の関係が深く知れる内容
になってますので、ぜひMVや曲と一緒に
楽しんで下さい♡
CHiCOより(o"ω"o))

CHiCO

「世界は恋に落ちている」の感想をお寄せください。
おたよりのあて先
〒102-8078　東京都千代田区富士見1-8-19
株式会社KADOKAWA　角川ビーンズ文庫編集部気付
「HoneyWorks」・「香坂茉里」先生・「ヤマコ」先生
また、編集部へのご意見ご希望は、同じ住所で「ビーンズ文庫編集部」
までお寄せください。

世界《せかい》は恋《こい》に落《お》ちている

原案／HoneyWorks　著／香坂茉里《こうさかまり》

角川ビーンズ文庫　BB501-10　19488

平成30年7月1日　初版発行
令和2年10月15日　10版発行

発行者――――三坂泰二
発　行――――株式会社KADOKAWA
〒102-8177　東京都千代田区富士見2-13-3
電話 0570-002-301（ナビダイヤル）
印刷所――――旭印刷　製本所――BBC
装幀者――――micro fish

ISBN978-4-04-103759-1 C0193　定価はカバーに表示してあります。

角川ビーンズ文庫
スキキライ
超人気!!
キュンキュンボカロ曲制作チーム♪
HoneyWorks楽曲が
物語となって登場!!
原案/HoneyWorks
著/藤谷燈子
イラスト/ヤマコ
大好評発売中!!
illustration by Yamako
© Crypton Future Media, INC. www.piapro.net piapro

原案／HoneyWorks
著／藤谷燈子、香坂茉里
イラスト／ヤマコ
告白予行練習
シリーズ
青春系胸キュンボカロ楽曲の名手、
HoneyWorksの代表曲、続々小説化!!
好評既刊
1. 告白予行練習
2. 告白予行練習　ヤキモチの答え
3. 告白予行練習　初恋の絵本
4. 告白予行練習　今好きになる。
5. 告白予行練習　恋色に咲け
6. 告白予行練習　金曜日のおはよう
7. 告白予行練習　ハートの主張
8. 告白予行練習　イジワルな出会い
以下続刊

●角川ビーンズ文庫●

昨日「好き」って言ってくれたキミは、いったい誰？
切ない初恋ストーリー！
秋吉理帆
昨日のアイツ、今日の君。
昨日のアイツ、今日の君。
Kinou no aitsu kyou no kimi
感動！恋したい！の声ぞくぞく！
秋吉理帆×藤原ゆかが贈る
泣きキュン♥ラブ！
運命の彼は、キミですか？
秋吉理帆
運命の彼は、キミですか？
本当のキミを知って、きっともっと好きになる。
泣けるピュアストーリー！

わ、私……西内くんのことが好きです！
俺と付き合ったら普通《ふつう》の恋愛《れんあい》できねーよ？
——ってどういう意味!?
それでも、西内くんと恋がしたい
滝沢美空
好評発売中!!!
好き、だから。
告白した彼、西内くんの誰にも言えない秘密って!?
「それでも、西内くんと恋がしたい」
滝沢美空　イラスト／朝香のりこ

●角川ビーンズ文庫●

朱里《あかさと》コウ
イラスト／柚木《ゆずき》ウタノ
Sound
君に捧《ささ》げる恋のカノン
君の歌に、恋をした。
カリスマバンドのボーカルと期間限定カレカノに!?
クリスマスイブ、ライブステージで歌うカリスマバンド
RAISEのボーカル・キョウに一瞬で恋をした花音。
彼を追いかけて同じ高校に入学し、ついに運命の再会！
するとキョウに期間限定の“彼女役”を頼まれて……!?

●角川ビーンズ文庫●

超クールな兄とド天然な弟との近キョリな恋!?
りい
イラスト／立樹《たちき》まや
となりのキミに恋したら
高1の杏は、だまっていれば美人な少女。ある日、口は悪いが秀才の兄・涼真とスポーツ万能な弟・隼介がとなりに引っ越してきた。高校では人気者の2人だけど涼真とはケンカばかりだし、隼介はいきなり告白してくるし!?

●角川ビーンズ文庫●

「脳漿炸裂ガール」「厨病激発ボーイ」に続く、
新たなる、れるりりワールド!!
僕がモンスターになった日
原案:れるりり
(Kitty creators)
著:時田とおる
イラスト:MW
(Kitty creators)
①②巻
大好評
発売中!!
疾斗が目を覚ますと、幼なじみの護、美少女・つかさ、生徒会長の悠弦、お調子者の功樹の姿が。共通点はゲームで『レベル99』になったこと。そこで突然モンスターに襲われ、魔王を倒すまで出られないと知り……!?
角川ビーンズ文庫

ジャマしないでよ、
大《おお》神《がみ》くん！
再生数100万回
めざして、
実況中!?
2018年
8月1日
発売予定！
リア充イケメンには
要注意!?
WEB発 炎上上等(?)学園ラブコメ！
あずまの章 イラスト・夏芽もも
誰もが認める絶対的美少女——清見ヒロ子・16才。その正体は高校デビューの地味顔でチョー貧乏。お金のため、とある特技で動画を投稿したら一躍有名人に！　でもクラスの神イケメン・大神くんに“裏の顔”がバレて!?

第18回
角川ビーンズ小説大賞
ジュニア部門 受付中！
2018年
10月1日から
1月10日まで
18歳までなら
誰でも
応募できるよ！
野田
審査員に
みんなの「スキ」を読んでもらうチャンス！
くわしくは ビーンズ文庫 検索
イラスト／たま、穂嶋 (Kitty creators)、ヤマコ